Schriftenreihe der Kunststiftung NRW
Literatur, Band 11

Julio Cortázar

Die Katzen

Los gatos

Zweisprachige Ausgabe

Aus dem Spanischen
und mit einem Nachwort
von Henriette Terpe
und Frank Henseleit

Herausgegeben
von der Kunststiftung NRW

LILIENFELD VERLAG

Cuando acerco mis labios
a esa música incierta.

VICENTE ALEIXANDRE

A los ocho años, Carlos María estudiaba en su prima las posibilidades de un juego violento y eficaz, que alcanzara para toda la siesta. Marta vacilaba antes de aceptar la parte de jefe sioux, previendo el rollo de soga como un manotazo al pasar bajo el sauce, las ligaduras en los tobillos, el mirar justiciero de Buffalo Bill antes de arrastrarla al tribunal de los hombres blancos. Prefería la mancha, donde batía a su primo menos ágil, o irse a los baldíos a juntar langostas. Carlos María argumentaba hasta convencerla; a veces Marta se oponía de plano, y entonces él la agarraba del pelo y la mechoneaba, mientras Marta se defendía a patadas y alaridos. Mamá Hilaire les cobraba su siesta rota con privación de postres, con un mirar fosco que duraba días enteros.

A los diez años, cuando Marta se espigó de golpe y él tuvo la apendicitis supurada, los juegos asumieron estilo, elegancia. Ya no iban improvisadamente al jardín, apenas doblada la servilleta; usaban la sobremesa para madurar el empleo de la tarde; ingresaban en las diversiones intelectuales, los blocks recortados para hacer papel moneda, secantes y sellos de

Als Carlos María acht Jahre alt war, reizte er an seiner Cousine gerne alle Möglichkeiten eines gnadenlosen, ausgeklügelten Spiels aus, um damit die Stunden der Siesta zu füllen. Marta zögerte, bevor sie in die Rolle des Häuptlings der Sioux schlüpfte, denn sie fürchtete das knallende Lasso, das sie unter der Weide in die Enge trieb, die gefesselten Knöchel, den selbstgerechten Blick Buffalo Bills, wenn er sie vor das Gericht der Bleichgesichter zerrte. Lieber spielte sie Fangen, weil sie darin ihrem weniger wendigen Cousin überlegen war, oder stromerte durch das Brachland, um Heuschrecken zu fangen. Carlos María drängelte so lange, bis sie nachgab; manchmal wehrte sie sich mit Händen und Füßen, dann packte er sie und riss sie an den Haaren, während sie unter Kreischen um sich schlug. Mama Hilaire ließ die beiden für ihren gestörten Mittagsschlaf büßen. Sie strich ihnen den Nachtisch und setzte für den Rest des Tages ihre finstere Miene auf.

Als er zehn Jahre alt war – Marta war von jetzt auf gleich hoch aufgeschossen, und ihn hatte eine eitrige Appendizitis geplagt –, wurden die Spiele anspruchsvoller. Sie stürmten nicht mehr einfach so in den Garten, kaum dass die Serviette zusammengefaltet war; noch am Tisch planten sie den Nachmittag bis ins kleinste Detail; sie entdeckten subtilere Abenteuer, zum Spiel gehörten jetzt Geldscheine aus zerschnittenen Zeichenblöcken, auch

goma, un escritorio a veces banco de préstamos, a veces oficina pública. Sólo la hora alta del calor, con el jardín llamándolos, imponía los prestigios de la siesta; si reincidían en los juegos de guerra, ya entre carreras y prisiones insertaban planos de tesoros, partes sonoros, discursos y sentencias de muerte; con rescates o ejecuciones a fusil, en las que Carlos María se desplomaba lleno de gracia y heroísmo.

El sauce era alto pero lo escalaban en dos saltos. Tirado en el pasto caliente, veía él oscilar las piernas de Marta, a caballo sobre la primera bifurcación. Estaba muy quemada hasta el tobillo, después venía una zona color trigo donde a veces había medias y a veces no; desde la rodilla hacia arriba era blanquísima, en la penumbra de campana que le hacía la pollera adivinaba el color aún más blanco de los calzones cortándole los muslos. Carlos María no era curioso, pero un día le pidió que se sacara los calzones para ver. Después de hacerse rogar un rato (estaban entre las cañas que sumían una vieja fuente sin agua), Marta lo dejó que mirara, sin permitirle acercarse. Carlos María no se impresionó, había esperado algo más escandaloso, más prohibido.

Löschpapier und Stempel, und ein Schreibtisch diente bald als Kreditinstitut, bald als Amtsstube. Nur wenn der Garten sie in den Stunden der größten Mittagshitze nach draußen lockte, fanden sie sich in den alten Zauber der Siesta zurückversetzt; aber in ihren Kämpfen tauchten zwischen Wettrennen und Gefängnissen jetzt Schatzkarten, Bekanntmachungen, Reden und Todesurteile auf; manchmal gelang die Befreiung, manchmal erfolgte die Hinrichtung durch Erschießen, und Carlos María ging theatralisch und voller Heldenmut zu Boden.

Die Weide war hoch, aber mit einem Satz war sie oben. Von unten, ausgestreckt im warmen Gras, sah er oben Martas Beine vom ersten Ast baumeln. Bis zu den Knöcheln waren sie gebräunt, bis zum Knie, wo sie ab und zu Strümpfe trug, war ihre Haut heller, weizenfarben; vom Knie an aufwärts war die Haut blass; im glockenförmigen Halbschatten ihres Rockes erahnte er die schneeweiße Unterhose, die ihre Oberschenkel einschnürte. Carlos María war anfangs nicht sonderlich interessiert, aber irgendwann bat er sie doch, den Schlüpfer auszuziehen und ihn gucken zu lassen. Erst zierte sie sich (sie spielten im Schilfrohr bei einem alten ausgetrockneten Tümpel), dann ließ Marta ihn gucken, von Weitem. Carlos María war nicht beeindruckt, er hatte etwas Unanständigeres, etwas Verboteneres erwartet.

—Tanto trapo para eso —fue su sentencia—. Una rayita y se acabó. Nosotros es otra cosa.

Esperaba de Marta que le pidiera lo mismo, pero ella se vestía sin mirarlo. Ya no hablaron, tampoco hicieron guerras esa tarde. A Carlos María le pareció que ella se había puesto más vergonzosa desde entonces; pensó que era idiota, justamente después de haberse desvestido tan mansita. Coincidía con los compañeros de grado en que las chicas eran estúpidas. Les contó a los íntimos que su prima le había mostrado. Todos se rieron menos uno, que tenía trece años y pelo colorado. Miraba a Carlos María sin decirle nada, pero a él le pareció que el colorado estaba pensando algo. No se animó a preguntarle, siempre le había tenido respeto porque el padre era de la policía montada.

Cuando terminaron el quinto grado (ella en la escuela nueve, él en la seis), don Elías Hilaire empezó a interesarse en sus juegos, y a veces se reunía con ellos cuando aflojaba el calor. Carlos María estaba muy alto y quemado, ahora pasaba a Marta por más de una cabeza y se lo hacía sentir. Ella cultivaba otras

»Und darum so viel Aufregung«, lautete sein Urteil. »Eine kleine Linie, nichts weiter. Bei uns ist das was anderes.«

Er rechnete damit, dass Marta ihn ebenfalls bitten würde, aber sie zog sich an, ohne ihn anzusehen. Sie sprachen nicht weiter darüber, an diesem Nachmittag gab es auch keine Kriege mehr. Carlos María kam es so vor, als sei sie seitdem schamhafter. Wie idiotisch, dachte er, ausgerechnet, nachdem sie sich so unbefangen ausgezogen hat. Er war mit seinen Klassenkameraden einer Meinung, Mädchen waren dumm. Seinen besten Freunden erzählte er, was seine Cousine ihm gezeigt hatte. Alle kicherten, bis auf einen mit rotblondem Haar, der schon dreizehn war. Er schaute Carlos María wortlos an, aber Carlos María spürte, dass der Rothaarige sich etwas anderes dabei dachte. Nachzufragen traute er sich nicht, gerade vor dem Rothaarigen hatte er immer Respekt gehabt, denn sein Vater war bei der berittenen Polizei.

Als sie das fünfte Schuljahr beendeten (sie in der Schule Nr. 9, er in Nr. 6), interessierte sich Don Elías Hilaire erstmals für ihre Spiele und gesellte sich manchmal zu ihnen, wenn die Hitze nachließ. Carlos María war gewachsen und braun gebrannt, er war jetzt mehr als einen Kopf größer als Marta, was sie auch zu spüren bekam. Sie widmete sich jetzt öfter anderen Dingen, Haarlocken,

cualidades, rulos en el pelo, polleritas plisadas, pero a la siesta se ponía un mono azul que le quedaba ceñido y le daba aire de muchachito. Carlos María se mostraba más confiado cuando ella andaba mal vestida, de tarde se iba con los chicos amigos dejándola en la puerta peripuesta y altiva entre las otras niñas. Pocas veces se juntaban los grupos para jugar, preferían decirse cosas desde lejos, y tratarse de idiotas. Marta fingía despreciar a su primo ante las demás chicas, pero guardaba secretos gestos de ternura que él acataba receloso; como la noche que se abrió la rodilla en un alambrado de púa, y ella lo ayudó a llegar a la casa y esconderse de mamá Hilaire, exponiéndose valerosamente hasta violar el botiquín prohibido (cianuro, bicloruro, jeringas, cánulas) y volver con tintura de yodo y gasas. Apretando los dientes para no llorar delante de ella ("no te quejés, marica", decía Marta mientras le desinfectaba la herida con salvaje minucia), Carlos María tuvo esa noche una repentina impresión de distancia, de lejanía que aumentaba vertiginosa entre ambos. Le gustaban los ojos de Marta, le seguían gustando sus piernas flacas de muchachito,

Faltenröckchen, aber während der Siesta trug sie eine blaue Latzhose, die sehr knapp saß und in der sie noch aussah wie ein Junge. Carlos María zeigte sich viel unbeschwerter, wenn sie achtlos gekleidet war. Gegen Abend dann zog er mit den Jungs aus der Nachbarschaft los und ließ sie, so herausgeputzt wie eingebildet, zwischen den anderen Mädchen an der Tür stehen. Nur selten spielten die beiden Cliquen zusammen, lieber riefen sie sich von Weitem blöde Sprüche zu und hielten die jeweils anderen für Dummköpfe. Marta tat vor den übrigen Mädchen so, als verachtete sie ihren Cousin, aber, unmerklich für die anderen, streute sie Zeichen der Zuneigung aus, die er scheu aufsammelte, wie an jenem Abend, als er sich das Knie am Stacheldrahtzaun aufriss und sie ihm nach Hause half, vorbei an Mama Hilaire, und keine Gefahr scheute, den verbotenen Arzneischrank (Zyanid, Bichlorid, Spritzen, Kanülen) zu öffnen und mit Jodtinktur und Verbandszeug zurückzukommen. Während er noch die Zähne zusammenbiss, um nicht vor ihr zu weinen (»Reiß dich zusammen, du Heulsuse«, forderte Marta, als sie seine Wunde schmerzhaft gründlich desinfizierte), spürte Carlos María erstmals eine Sehnsucht, eine Entfernung, die sich rasend schnell vergrößerte. Er mochte Martas Augen, und ihm gefielen ihre jungenhaften Beine, die staubig und von Kratzern übersät waren; aber in das Vergnügen, sie anzuschauen, mischte sich

llenas de lastimaduras disimuladas con polvo; pero en su placer al mirarla había ahora una sensación de extrañamiento, de que miraba algo ajeno, ya enteramente ajeno. Por primera vez midió una distancia que jamás le había parecido insuperable, que no tenía siquiera el sentimiento de ser distancia; ahora Marta estaba frente a él (despatarrada, soplándole la lastimadura, haciéndose la importante) como otra persona, alguien que está con uno pero no es uno; como don Elías, como la sirvienta o los otros chicos de la escuela. Se oyó llorar duramente, en una repetida convulsión.

—Qué marica sos —decía Marta—. Por una pavada como ésta ... Si no te vas morir, idiota.

Hubiera querido contestarle, decir que no era por eso. Antes bastaba querer algo de ella para tomarlo; golpes, apretones, abrazos, palabras. De pronto sentía que ya nada era suyo, que podría seguir obteniéndolo pero que debería pedirlo a la otra, a Marta que no era una parte de él; pedir cada cosa, y aun cuando las tomara, golpes o abrazos, pedirlos primero.

Los catorce años terminaron con el sexto grado, un amago de difteria que aterró a los

jetzt ein Gefühl des Erstaunens, als schaute er etwas Fremdes an, etwas mittlerweile völlig Fremdes. Niemals zuvor hatte er diese Andersartigkeit für unüberwindbar gehalten oder sie überhaupt als Distanz wahrgenommen: jetzt stand Marta breitbeinig vor ihm (und wichtigtuerisch pustete sie auf seine Wunde), eine eigenständige Person, ganz nah bei ihm, aber kein Teil von ihm; so wie Don Elías, wie das Dienstmädchen oder wie die Jungs aus der Schule. Er hörte sich heftig schluchzen und verkrampfte.

»Du bist schlimmer als ein Mädchen«, schimpfte Marta. »Wegen so einer Kleinigkeit ... Daran wirst du schon nicht sterben, Blödmann.«

Er hätte ihr gern widersprochen, ihr gesagt, dass er nicht deswegen weinte. Früher hatte es genügt, etwas von ihr zu wollen, es sich zu nehmen: Schläge, Stöße, Umarmungen, Worte. Auf einmal merkte er, dass nichts mehr selbstverständlich war, dass er die Dinge zwar weiterhin haben konnte, aber er musste sie erbitten, von Marta, die nicht mehr Teil von ihm war. Um jede Kleinigkeit, egal, ob Umarmungen oder Schläge, selbst wenn er sie sich einfach herausnahm, musste er vorher trotzdem gebeten haben.

Das vierzehnte Lebensjahr endete mit dem Abschluss der sechsten Klasse, mit einem Verdacht auf Diphtherie,

Hilaire, y el vestido rosa que Marta estrenó en su fiesta de fin de curso. Para Carlos María el año fue dos cosas: la victoria de River Plate y el acceso a la camaradería aún algo recelosa de su padre. Don Elías Hilaire aceptaba al fin su función mentora, pero la ejercía sin empaque y dándole tiempo a Carlos María para que asimilara consejos y prohibiciones. Hacia octubre tuvo lugar la primera gran conferencia a puertas cerradas; una palabra de mamá Hilaire, una referencia al piyama verde, y la lección de don Elías fue cuidada, cordial, sin forzar la máquina, fingiendo no advertir el rubor de Carlos María y su deseo de llorar, de irse y estar solo. Después él le pasó la mano por el cuello y le apretó fuertemente la nuca, como siempre lo hacía para cerrar un capítulo. Le sugirió leer las aventuras de Tom Sawyer y le regaló dos pesos para que fuera al cine; Carlos María salió satisfecho, su padre lo consideraba un hombre, le hablaba de igual a igual, estupendo.

Con Marta no había problema. Mamá Hilaire la llevaba como de la mano, Marta se plegaba a los deseos y las necesidades de su edad con una blandura engañosa tras la cual

der die Hilaires in Schrecken versetzte – und mit dem neuen rosafarbenen Kleid, das Marta zu ihrem Jahresabschlussfest trug. Für Carlos María waren in diesem Jahr zwei Dinge entscheidend: Der Sieg von River Plate und die zunächst noch etwas ungewohnte, neue Aufmerksamkeit seines Vaters. Don Elías Hilaire nahm schließlich seine Vaterrolle ein, doch er übte sie ohne Zwang aus und ließ Carlos María Zeit, Ratschläge und Verbote anzunehmen. Im Oktober fand die erste wichtige Unterredung hinter verschlossener Tür statt; eine Bemerkung von Mama Hilaire, ein Hinweis auf den grünen Pyjama, und Don Elías fand genau die richtigen Worte, herzlich, ohne zu übertreiben, und tat so, als bemerkte er Carlos Marías Schamesröte nicht, seinen Drang, in Tränen auszubrechen, wegzulaufen und allein zu sein. Danach fuhr Don Elías ihm mit der Hand über den Hinterkopf und drückte im Nacken fest zu, so wie er es immer tat, um ein Kapitel abzuschließen. Er schlug ihm vor, Tom Sawyers Abenteuer zu lesen, und schenkte ihm zwei Pesos fürs Kino; Carlos María war erleichtert, sein Vater akzeptierte ihn als seinesgleichen, er sprach mit ihm von Mann zu Mann, fabelhaft.

Mit Marta gab es keine Probleme. Mama Hilaire hatte sie mühelos im Griff, Marta erfüllte alles, was von Mädchen ihres Alters erwartet und verlangt wird, mit einer trügerischen Sanftmut, hinter der Carlos María mehr als

Carlos María había conocido más de una vez una violencia de resorte. Se veían menos, mamá Hilaire los separaba en las horas de estudio y paseo, los mandaba siempre a distintas partes. Sólo una vez fueron juntos al cine. Marta dijo que cualquiera los tomaría por novios; a él lo fastidió su vanidad de mujer crecida y la trató de chiquilina; pero estaba orgulloso, y le vino bien para ganarse su complicidad en un asunto de cigarrillos robados.

Carlos María se acercaba al hito que separa a un buen chico de un hombre al gusto argentino. Empezaba a manifestar opiniones, recogidas sin darse cuenta en las sobremesas de don Elías y sus amigos. Era partidario de la neutralidad en la guerra, contagio de su padre de quien tenía además el hábito de caminar sacando los pies. Lo incitaban a lecturas sanas y pareceres discretos; pretendían que se tragara los cuatro tomos de José Pacífico Otero, él que hubiera amado en San Martín la brevedad, lo inédito en las actitudes y los sueños. Oscuramente comprendía que esa lectura era el amansadero de donde se sale sin espina dorsal, dócil para siempre y con la documentación en orden.

einmal die stille Wucht einer gespannten Feder spürte. Sie sahen sich seltener, Mama Hilaire ließ sie getrennt lernen und ausgehen, schickte sie immer an verschiedene Orte. Nur einmal gingen sie zusammen ins Kino. Marta meinte, wohl jeder müsse sie für ein Paar halten; er fand es albern, wie sie sich als erwachsene Frau aufspielte, und behandelte sie wie ein kleines Mädchen; aber stolz war er schon, und sie kam ihm gerade recht in einer Angelegenheit, die mit geklauten Zigaretten zu tun hatte.

Carlos María näherte sich der Grenze, die einen wohlerzogenen Jungen von einem echten Mann nach argentinischem Geschmack trennt. Er fing an, Meinungen zu äußern, Meinungen, die er, ohne es zu merken, aus den Tischgesprächen von Don Elías und seinen Freunden aufschnappte. Er plapperte über Neutralität im Krieg, angesteckt von seinem Vater, von dem er im Übrigen auch die Angewohnheit übernahm, beim Gehen die Füße auszustellen. Man legte ihm nahe, sich angemessene Lektüre vorzunehmen und ein gesundes Urteilsvermögen anzueignen; ihm wurde abverlangt, die vierbändige Biographie des Nationalhelden San Martín von José Pacífico Otero zu studieren, gerade ihm, der wegen seines ungebrochenen Charakters eine ungeschönte Version der Überzeugungen und Taten San Martíns geliebt hätte. Dunkel ahnte er, dass die Pflichtlektüre die Arena war, aus der man ohne Rückgrat herauskam, als ein auf ewig fügsamer, braver Bürger.

Don Elías le sospechaba actitudes que lo sobresaltaban. Advertía que era de esos que cuando el médico ordena decir 33, bisbisan rabiosamente 44. Buscando una higiene aplicable a su carácter a la vez débil y violento, optó por llevárselo al campo a pasar el verano. Marta hablaba de pintar, le compraban alegremente caballete y óleos, postales para que tomara motivos, y en las telas empezaban a asomar cisnes entre lotos, jóvenes de sueltas cabelleras, paisajes aptos a todas las formas de la felicidad. Carlos María se despidió sin tristeza; pero Marta parecía lamentar que se fuera, y él tuvo el orgullo de saberse extrañado. Prometió escribirle, cargó con una caja de pañuelos y una acuarela en la que diversos pájaros sobrevolaban las colinas en procura de regiones más cálidas.

Metido en un largo silencio, después de la siesta campera y el mate en la veranda, Carlos María se encontró pensando en Marta. Había oído decir tantas veces que era hija de una hermana menor de mamá Hilaire, muerta el año de la gripe. Del padre no sabía

Erschrocken vermutete Don Elías einen Rebellen in seinem Sohn. Er musste feststellen, dass ausgerechnet Carlos María zu jenen gehörte, die beim Arzt, anstelle wie angeordnet A zu sagen, wütend B antworten. Auf der Suche nach einer wirksamen Läuterung für diesen gleichzeitig schwachen wie stürmischen Charakter entschied er sich, Carlos María den Sommer über mit aufs Land zu nehmen. Marta äußerte den Wunsch, zu malen, und freudig wurden eine Staffelei und Ölfarben gekauft und Ansichtskarten, von denen sie Skizzen machen konnte; bald wurden auf den Leinwänden Schwäne zwischen Lotusblumen erkennbar, Mädchen mit wehenden Haaren, Landschaften, die zu allen banalen Vorstellungen der Glückseligkeit passten. Carlos María war nicht traurig beim Abschied; aber Marta schien es zu bedauern, dass er wegfuhr, und es erfüllte ihn mit Stolz, zu wissen, dass er vermisst würde. Er versprach, ihr zu schreiben, nahm dann zähneknirschend die komplette Kiste ihrer Stofftaschentücher mit und legte darüber ein Aquarell, auf dem, unterwegs in wärmere Gefilde, verschiedene Vögel über Anhöhen kreisten.

Während der ausgedehnten Siesta in ländlicher Stille mit Mate auf der Veranda ertappte sich Carlos María dabei, wie seine Gedanken zu Marta schweiften. Unzählige Male hatte er aufgeschnappt, sie sei die Tochter einer jüngeren Schwester von Mama Hilaire, die im Grippejahr

más que el apellido que había legado a Marta: Rosales. Preguntó a don Elías, le pareció entrever una voluntad de seguir chupando el amargo.

—Era un hombre de negocios, murió seis años después que tu tía.

—¿Por qué está Marta en casa? ¿No había otros parientes del lado del padre?

—No. Tu madre quiso tenerla, y la sola hermana de Rosales estuvo de acuerdo. La trajimos de un año, vos no podés acordarte, apenas caminabas.

Hacia la noche, mientras volvía por los potreros llenos de ovejas sucias, Carlos María renovó su recuerdo. No le extrañaba que en su casa faltaran retratos de Rosales, que nada dijesen de él a Marta. También se hablaba poco del difunto hermano de don Elías, una imagen de largas piernas y cara pálida, caricias distraídas en su mejilla o la de Marta, regalos de cumpleaños, después el silencio, saber que había muerto en Santa Fe, solo como siempre. Y no hablar ya de él más que en los aniversarios, apenas. Pero de Rosales ni eso. Sintió como otras veces una furtiva sensación de diferencia, de advertir cómo cierta

verstorben war. Vom Vater kannte er nur den Nachnamen, den er Marta hinterlassen hatte: Rosales. Fragend drehte er sich zu Don Elías, der einem weiteren Mate nicht abgeneigt schien.

»Er war Geschäftsmann und starb sechs Jahre nach deiner Tante.«

»Und warum lebt Marta bei uns? Hatte der Vater keine anderen Verwandten?«

»Doch. Aber deine Mutter wollte sie aufnehmen, und die einzige Schwester von Rosales stimmte zu. Wir holten sie zu uns, da war sie ein Jahr alt, du kannst dich nicht erinnern, du konntest da ja noch nicht mal laufen.«

Gegen Abend, auf dem Weg an den streng riechenden Schafsgehegen vorbei, rief sich Carlos María alles noch einmal in Erinnerung. Er wunderte sich nicht, dass es im Haus keine Bilder von Rosales gab, dass niemand mit Marta über ihn sprach. Über Don Elías' verstorbenen Bruder wurde schließlich auch kaum gesprochen, Carlos María erinnerte sich vage an eine Gestalt mit langen Beinen und blassem Gesicht, ein flüchtiges Liebkosen von Martas oder seiner Wange, Geschenke zum Geburtstag, danach Leere, er wusste nur, sein Onkel war in Santa Fe gestorben, allein, wie er war. Und bald sprach man nur noch an den Jahrestagen von ihm, wenn überhaupt. Aber von Rosales nicht einmal dann. Carlos María spürte wie schon öfter zuvor, dass irgendetwas daran nicht stimmte, so als

realidad no encajaba en las explicaciones. La costumbre de vivir con Marta le hacía sentir a su prima como una pertenencia directa de su sangre. De noche miraba la acuarela, le espantaba las moscas. Cumplió quince años en la estancia y Marta le mandó otra acuarela, un autorretrato que Carlos María encontró horrendo y puso en el fondo del cajón de las medias, para que estuviera bien pisoteado noche y día.

Volvió para ingresar enseguida al Nacional. El primer día, en la mesa conmovida de los Hilaire que lo miraban felices porque ya era estudiante secundario y usaba los primeros pantalones largos, notó en Marta una secreta complacencia, un mirarlo de lado y como admirativa. Pensó en alguna sórdida broma y se mantuvo a la defensiva, aunque después supo que ella lo admiraba verdaderamente, su rostro tostado, la estrecha franja rosa que la protección de la boina le había dejado entre la frente y el nacer del pelo, su cuerpo crecido y afirmándose. Ella tenía peinado pluma y parecía una ovejita. Solamente sus ojos Hilaire seguían fieles y suyos. De Rosales tendría

wollten einige Details seiner Wahrnehmung nicht recht zu den Erzählungen passen. Durch das Zusammenleben war er derart vertraut mit Marta, dass er sie als direkte Blutsverwandte wahrnahm. Vor dem Einschlafen betrachtete er das Aquarell, seine Vermutung ging ihm nicht aus dem Kopf. In diesem Sommer auf der Estancia wurde er fünfzehn, und Marta schickte ihm ein neues Aquarell, ein Selbstporträt, das Carlos María schrecklich fand und das er ganz nach unten in die Sockenschublade legte, damit Tag und Nacht darauf herumgetrampelt würde.

Pünktlich zum Schulbeginn war er zurück und trat in die Sekundarstufe ein. Alle am Tisch der Hilaires waren gerührt und strahlten ihn glücklich an, weil er jetzt Schüler der Sekundaria war und zum ersten Mal lange Hosen trug. In ihren Blicken von der Seite bemerkte Carlos María Martas heimliche Bewunderung, ganz so, als himmelte sie ihn an. Er überlegte sich einen gemeinen Scherz, hielt sich aber zurück, auch wenn er später herausfinden sollte, dass er ihr tatsächlich gefallen hatte mit seinem gebräunten Gesicht und dem rosafarbenen Streifen, den seine Baskenmütze zwischen Stirn und Haaransatz hinterlassen hatte, mit seinem Körper, der kräftiger und männlicher geworden war. Sie trug das Haar aufwendig frisiert und wirkte zart wie ein Lämmchen. Nur ihre Hilaireaugen hatten sich nicht verändert.

mucho, pero Carlos María la encontraba de veras en los ojos, allí era Marta y era Hilaire.

—A tu prima la han admitido en la academia de bellas artes. Estudió tanto en el verano ...

—Ah, qué bien.

—Esperemos que la imites y no tengas que dar exámenes a fin de año.

Ella parecía pedir perdón por estar allí como un paradigma. Por primera vez se miraron de frente, sonriéndose. Descubrían la vieja complicidad de la siesta, la vida secreta al margen de la vida Hilaire. Carlos María estuvo a punto de hacerle la seña de antes, buscarle la pierna con el zapato. Entonces, mientras no se decidía, sintió su pie que le daba con fuerza en el tobillo.

Cuando hablaban del hermano de don Elías, los chicos reparaban en una leve caída de los labios de mamá Hilaire. Luis Miguel había muerto antes de que pudieran tener algún recuerdo consistente, les importaba muy poco de ese pasado puesto como por fuera de un marco de fotografía. Tampoco se hablaba del padre de Marta, muy pocas veces de su madre. Mamá Hilaire guardaba un recuerdo dolido de su hermana,

Von Rosales mochte sie viel geerbt haben, aber an den Augen erkannte Carlos María sie wieder, da war Marta, und sie war eine Hilaire.

»Deine Cousine ist an der Kunsthochschule angenommen worden. Sie hat den Sommer über große Fortschritte gemacht ...«

»Ah, also doch.«

»Hoffen wir mal, dass du sie zum Vorbild nimmst und nicht am Ende des Jahres in die Nachprüfungen musst.«

Sie schien um Verzeihung bitten zu wollen, als gutes Beispiel dazustehen. Zum ersten Mal blickten sie sich direkt an, lächelnd. Sie entdeckten die alte Komplizenschaft wieder, ihre geheime Welt am Rande des hilaireschen Familienlebens. Carlos María hätte ihr fast das alte Zeichen gegeben, sie mit dem Fuß angestoßen. Aber während er noch überlegte, spürte er schon ihren Fuß, der heftig gegen seinen Knöchel trat.

Immer wenn das Gespräch auf Don Elías' Bruder kam, bemerkten die Kinder, wie sich Mama Hilaires Mundwinkel leicht nach unten zogen. Luis Miguel war gestorben, ohne dass sie konkrete Erinnerungen an ihn haben konnten. Die Anekdoten zu den eingerahmten Fotos sagten ihnen nichts. Über Martas Vater wurde gar nicht geredet, und nur sehr selten über ihre Mutter. Mama Hilaire pflegte zwar ein schmerzliches Gedenken an ihre Schwester, aber

pero a Carlos María lo inquietó a veces el egoísmo de su madre al guardarse la imagen de la muerta sin rehacerla filialmente en Marta. Llegó a imaginarse algo turbio circundando el nacimiento de Marta. Ese Rosales sin figura, casi sin nombre. Don Elías hablaba más seguido de su cuñada, aludía a episodios, gustos, cintas. Carlos María notó una vez que Marta jamás preguntaba sobre sus padres. Quería tanto a los Hilaire que tal vez tuviera celos de los otros, de un recuerdo inútil enturbiando su realidad viva; los chicos resisten hasta el fin la necesidad y el aprendizaje de la hipocresía.

Él estudiaba matemáticas con inmenso asco, rehacía el trabajo práctico sobre la cucaracha; Marta le pintaba los mapas, las secciones de la piel, la partenogénesis. El año pasó ocupado y dividido; la atención de mamá Hilaire creaba compartimentos estancos en la casa, vedaba a Carlos María el acceso continuo a Marta, la necesidad casi física que sentía a veces de acercársele y ponerle las manos en el pelo, el liviano peinado pluma tembloroso como un pájaro, y rascarle el cuero cabelludo con las uñas para que ella chillara y lo tratara de bruto, de aprovechador.

Carlos María störte manchmal der Egoismus seiner Mutter, dieses Andenken für sich zu behalten, anstatt Marta daran teilhaben zu lassen. Schließlich malte er sich sogar aus, dass Martas Geburt von zweifelhaften Umständen begleitet war. Dieser Rosales, er war gestaltlos, fast namenlos geblieben. Von seiner Schwägerin erzählte Don Elías häufiger, berichtete von Erlebnissen, Vorlieben, alten Filmen. Carlos María fiel auf, dass Marta nie nach ihren Eltern fragte. Sie liebte die Hilaires so sehr, dass sie den anderen, den zwecklosen Erinnerungen, die ihr Leben vielleicht zu verdüstern drohten, eher misstraute; Kinder wehren sich bis zuletzt gegen die für Erwachsene so lebensnotwendige Heuchelei.

Sein größter Widerwillen galt der Mathematik, und die Hausarbeit über Kakerlaken musste er noch einmal überarbeiten; Marta zeichnete die Schaubilder für ihn: die Schichten des Panzers, die Parthenogenese. Das Jahr verging mit viel Arbeit; Mama Hilaire hielt sie auseinander, ihre Wachsamkeit sorgte im Haus für getrennte Bereiche, sie versagte Carlos María den uneingeschränkten Zugang zu Marta, obschon er manchmal ein fast physisches Bedürfnis hatte, sich ihr zu nähern, ihr die Hände aufs Haar zu legen, auf die leichte Federfrisur, flaumig wie ein Vogel, und mit den Nägeln über ihre Kopfhaut zu fahren, bis sie aufschrie und ihn ausschimpfte, weil er die Situation ausnutzte.

Cuando Marta cumplió los dieciséis en octubre, mamá Hilaire hizo venir a las chicas de la academia y les sirvió un hermoso té. Había torta con velitas, helados de tres clases, una rubia que se llamaba Estela Repetto y que dejó frío a Carlos María. Él estaba a contrapelo, molesto en el traje gris que le andaba mal de talle y de mangas; se apoyaba en la presencia más canchera del Bebe Matti y de Juan José Díaz Alcorta, sus mejores amigos del Nacional. Bailó un tango con Estela que lo trató afablemente y estuvo muy bien, hablándole de sus preferencias y la última cinta de Greer Garson. Marta vino después a llevárselo a un lado para pedirle que el Bebe bailara con Agustina, espanto de inmensos anteojos sentado en un rincón tragando torta. El Bebe fue muy hombre, apenas Carlos María le dijo dos palabras sacó a bailar a Agustina y todos vieron cómo a la pobre le brillaban los ojos, los cristales se le llenaban como de agua; fue algo grande. Estela seguía pegada a Carlos María, que pasó sin saber por qué del entusiasmo al desgano. Le molestaba verla siguiéndolo; aprovechó de Marta para hacer valer sus derechos de primo, y bailó con ella piezas y piezas.

An Martas sechzehntem Geburtstag im Oktober lud Mama Hilaire die Mädchen aus der Hochschule ein und bereitete für sie einen Nachmittagstee. Unvergessen die Torte mit Kerzen, und das Eis – drei verschiedene Sorten! Dem blonden Mädchen Estela Repetto zeigte Carlos María die kalte Schulter; ihm ging das alles gegen den Strich, er fühlte sich unwohl in seinem schlecht sitzenden grauen Anzug mit den zu kurzen Ärmeln; allein seine angeberischen Schulfreunde, Bebe Matti und Juan José Díaz Alcorta, gaben ihm etwas Rückendeckung. Er tanzte einen einzigen Tango mit Estela, die sehr nett zu ihm war, und es gefiel ihm dann doch, denn sie plauderte über ihre Lieblingsfilme und den letzten mit Greer Garson. Danach nahm Marta ihn zur Seite und bat ihn, Bebe möge mit Agustina tanzen, diesem Schreckgespenst hinter einer riesigen Brille, das nur in der Ecke saß und Torte verschlang. Bebe nahm das tapfer hin, Carlos María brauchte kaum zwei Worte, schon forderte Bebe Agustina zum Tanz auf, und alle sahen, wie dem Mauerblümchen die Augen glänzten, wie ihre Brillengläser beschlugen; es war das Ereignis des Abends. Estela wollte Carlos María nicht von der Seite weichen, dessen Stimmung plötzlich und unerklärlich von Enthusiasmus in Verdruss umschlug. Es ging ihm auf die Nerven, wie sie an ihm klebte; er schnappte sich Marta mit dem Vorrecht eines Cousins und beanspruchte sie Tanz um Tanz für sich.

—Dónde te habrán enseñado esas convulsiones —decía Marta llena de romanticismo y mirando hacia Juan José Díaz Alcorta.

—Tu imitación de una gallina es casi perfecta —contestaba él vedándose las ganas de un pellizco. La cintura de Marta se le escapaba de la mano, tenía una manera de salir de las vueltas que se hacía difícil y linda; Carlos María se aplicó a bailar mejor, hasta que les gustó darse cuenta de que se entendían, ahora bailaban por placer y él apretaba un poco la mano en la cintura de Marta, los ojos tan cerca de su cara caliente y dichosa.

Pero los exámenes fueron cosa brava, Marta repartía colores y carbonilla en su taller, Carlos María se desesperaba entre números y afluentes del Yang-Tsé-Kiang. Ahora se veían poco, desconfiaban a veces cuando tras la repentina tibieza familiar descubrían experiencias no compartidas, horas de una soledad propia que se bifurcaba como las ramas del antiguo sauce. Una tarde Carlos María atisbó el diálogo de Marta con Rolando Yepes que venía a estudiar con ella historia del arte. El vocabulario y la actitud sabihonda de Marta,

»Wo hat man dir denn diese Zuckungen beigebracht?«, fragte Marta mit einem schmachtenden Blick zu Juan José Díaz Alcorta.

»Dein Entengewackle ist auch nicht zu verachten«, stichelte er zurück und widerstand knapp der Versuchung, sie zu kneifen. Ihre Taille entwischte seiner Hand, Marta hatte eine Art, die Drehungen zu nehmen, die sie unberechenbar und besonders hübsch machte; Carlos María strengte sich an, besser zu tanzen, bis beide freudig feststellten, dass sie einander verstanden, jetzt machte ihnen das Tanzen Spaß, seine Hand auf Martas Taille wurde etwas fester, ihr glühendes und glückliches Gesicht ganz nah vor ihm.

Die Zeit der Abschlussprüfungen wurde für beide zur Zerreißprobe, Marta übersäte ihr Atelier mit Farben und Kohlestiften, Carlos María verzweifelte zwischen Rechenaufgaben und den Nebenflüssen des Jangtsekiang. Sie verbrachten wenig Zeit miteinander, manchmal erschraken sie, wenn sie hinter der gewohnten Vertrautheit zu Hause Erlebnisse entdeckten, die der andere nicht teilte, Stunden des Alleinseins, die auseinanderstrebten wie die Zweige der alten Weide. An einem Nachmittag belauschte Carlos María ein Gespräch zwischen Marta und Rolando Yepes, der regelmäßig kam, um mit ihr für Kunstgeschichte zu lernen. Martas Vokabular und ihre

la desenvoltura de Rolando al aludir a desnudos y escorzos, su manera de interrumpirla dándole con la mano abierta en el hombro, lo ofendieron de manera durable y dolorosa. Comprendía la perspectiva de su vida presente, la sustitución del plano donde Marta y él constituían imágenes conjuntas por esta brusca fisura que los apartaba sin distanciarlos, los oponía sin choque, acercándolos a sus bordes hasta apenas alcanzarse con la punta de los dedos sobre el pozo insondable. Y Rolando estaba del otro lado, con Botticelli, el Partenón y Marta; con tanta cosa que él no sabía, no era capaz de querer o alcanzar.

Por eso —de una manera sutil y corrosiva— agradeció el viaje de don Elías a la estancia y su condescendencia a llevarlo. Aprobó los exámenes de diciembre, condición previa a todo, y se fue de la casa el mismo día en que Marta volvía con menciones especiales y un montón de chicos y chicas que aprobaban el curso con ella. Invadieron la sala, para hacer música y bailar, pero Marta subió a buscarlo al dormitorio donde cerraban las maletas. Se abrazaron como siempre, ella le buscó la

Besserwisserei, die Unbefangenheit Rolandos, wenn er über Aktzeichnungen und Perspektiven dozierte, seine Angewohnheit, sie durch eine Berührung an der Schulter zu unterbrechen, das alles verletzte Carlos María tief und bohrend. Vor ihm öffnete sich der Vorhang seines gegenwärtigen Lebens, hinter dem sich jenes Kontinuum, das ihn mit Marta verband, gerade auflöste, zerstört durch die jähe Spaltung, die sie auch ohne räumliche Distanz voneinander trennte, sie ohne Konflikt in entgegengesetzte Lager zwang, näher und näher an den Abgrund, vor eine unauslotbare Tiefe, über die sie sich kaum noch mit den Fingerspitzen erreichen konnten. Und Rolando stand drüben, mit Botticelli, dem Parthenon und Marta; bei so vielen Dingen, die ihm fremd waren, wie sollte er da aufholen oder mithalten können.

Deswegen war er froh, zumindest unterschwellig, dass Don Elías zur Estancia fuhr und einwilligte, ihn mitzunehmen, immer vorausgesetzt, er müsse nicht in die Nachprüfungen. Er bestand alle Prüfungen im Dezember und reiste genau an dem Tag ab, an dem Marta ihre Auszeichnungen und eine Gruppe von Jungen und Mädchen mit nach Hause brachte, die mit ihr zusammen das Studienjahr abgeschlossen hatten. Sie stürmten den Salon, um Musik aufzulegen und zu tanzen. Marta aber lief zu ihm nach oben ins Schlafzimmer, wo er gerade die Koffer

mejilla con un beso húmedo y le dijo que estaba empezando a pinchar. Le traía un señalador de seda, con un largo pájaro pintado que iba de un extremo al otro. Tuvo que jurarle que lo usaría. Marta giraba por la pieza, con las vacaciones y la libertad por delante, contestando apenas a mamá Hilaire que le reprochaba dejar solos a sus invitados. Carlos María buscaba el saco, ceñía su cinturón. El auto ya esperaba abajo, se oyó llamar a don Elías.

—Hacés mal en irte —le dijo bruscamente Marta—. Justamente ahora.

—Para lo que te importa —repuso burlón y esquivo.

—No me importa nada. Por mí te podés tirar por la ventana.

—Chicos, papá está esperando. —La agitación de mamá Hilaire se mezclaba a un reproche temeroso—. Vamos, despídanse aquí, Marta tiene que volver con sus amigas.

Carlos María la abrazó duramente, buscando hacerle daño. Pero ella lo conocía, dobló los brazos contra el cuerpo, protegiéndose los flancos. Él soltó primero.

—Volveré en marzo —dijo inútilmente.

zuklappte. Sie umarmten sich wie immer, sie drückte ihm einen feuchten Kuss auf die Wange und beschwerte sich, weil er schon anfing zu kratzen. Sie überreichte ihm ein seidenes Halstuch, auf dessen ganzer Länge ein großer Vogel gemalt war. Er musste hoch und heilig versprechen, es zu tragen. Marta, die grenzenlose Freiheit der Ferien vor sich, schwirrte durchs Zimmer, ohne auf Mama Hilaire zu hören, die sie ermahnte, ihre Gäste nicht allein zu lassen. Carlos María griff nach dem Kleidersack und zog ihn zu. Unten wartete schon der Wagen, Don Elías' Rufe drangen zu ihnen herauf.

»Dumm von dir, wegzufahren«, sagte Marta barsch, »ausgerechnet jetzt!«

»Als ob dich das kümmern würde«, frotzelte er zurück.

»Mir ist das doch egal. Von mir aus spring aus dem Fenster.«

»Kinder, Papa wartet.« Zu Mama Hilaires Aufregung mischte sich ein Tadel. »Los jetzt, verabschiedet euch hier, Marta muss wieder runter zu ihren Freundinnen.«

Carlos María umarmte sie heftig, versuchte ihr wehzutun. Aber sie kannte ihn und schützte sich mit verschränkten Armen. Er ließ zuerst los.

»Im März bin ich zurück«, fügte er sinnloserweise hinzu.

Cuando vino, contento de sus dieciséis años, los brazos morrudos y su amistad con todos los peoncitos de la estancia, mamá Hilaire no perdió un día en buscarle una conversación seria y prevenirlo sobre Marta. Había perdido peso y alegría durante el verano, estaba pálida y como lejana; el doctor Roderich apuntalaba el calcio con abiertas incitaciones al campo y la tranquilidad.

—¿Pero por qué no la mandaste?

—Porque no podía ir con ella, ya sabés que la Obra no me deja un día libre, y más ahora con la ayuda de guerra.

—Era ella la que tenía que ir —insistió hosco Carlos María.

—La llevo la semana que viene. He conseguido que me releven, tu padre se hará cargo de la casa.

"Qué idiotas", pensó Carlos María yéndose. Recelaba una sospecha en su madre, miedo de Marta sola con él sin vigilancia. Pero después le gustó la idea, la prueba indirecta de su hombría. Y apenas le gustó vino otra vez la molestia, la desazón que a veces lo apresaba sin saber cómo, cuando el Bebe Matti hablaba de sus aventuras con una cabaretera, de que

Als er zurückkam, stolz auf seine sechzehn Jahre, die braungebrannten Arme und seine Kameradschaft mit allen Gleichaltrigen auf der Estancia, verlor Mama Hilaire keine Zeit, ihn mit ernster Miene beiseitezunehmen und auf Martas Zustand vorzubereiten. Sie hatte den Sommer über an Gewicht und Lebensfreude verloren, war blass und wirkte abwesend; Doktor Roderich verschrieb Kalzium und empfahl dringend Landluft und Ruhe.

»Warum habt ihr sie dann nicht hinterhergeschickt?«

»Weil ich sie nicht begleiten konnte, du weißt doch, das Hilfswerk lässt mir keine freie Minute, und erst recht jetzt, mit der Kriegshilfe.«

»Aber sie hätte doch kommen sollen«, beharrte Carlos María mürrisch.

»Nächste Woche bringe ich sie hin. Ich habe mich freistellen lassen, dein Vater wird sich um das Haus kümmern.«

»Wie bescheuert«, dachte Carlos María, als er sich abwandte. Er witterte das Misstrauen seiner Mutter, ihr Bedenken, ihn und Marta ohne Aufsicht allein zu lassen. Aber dann gefiel ihm der Gedanke, der doch ein indirekter Beweis seiner Männlichkeit war. Und kaum, dass der Gedanke ihm gefiel, kamen die Unruhe und das Unbehagen zurück, die ihn manchmal unerwartet packten, zum Beispiel dann, wenn Bebe Matti von seinen Abenteuern mit einem Mädchen aus dem Kabarett

sería bueno conseguir unos pesos y largarse un sábado hasta el bajo.

—Realmente estás hecha una porquería —dijo a Marta cuando acabaron de abrazarse—. Pero allá te arreglás enseguida. Lástima no ir con vos, te habría enseñado a andar a caballo.

—No pienso andar a caballo —dijo Marta que pasaba por la etapa de la languidez y la indiferencia—. Me basta caminar por los campos, al atardecer.

—Te vas a llenar de bichos colorados.

Empezaban a mirarse, reconocerse. Cambiaban tímidas referencias al pasado, la fiesta de cumpleaños de Marta, el regalo que había mandado a Carlos María para el suyo. Él le veía los brazos bonitos, alargados y muy blancos, el cuello casi transparente, y los ojos Hilaire quemándose hacia dentro. Marta empezó a hablar de Rolando Yepes, de cómo dibujaba Rolando Yepes.

—Maldita estancia. Voy a entrar en el curso con cuatro meses de atraso, y perderé todo lo que sabía. Dice Rolando que es una lástima, que este año no se puede malgastar tiempo.

Hablaba de los profesores, las esperanzas. Él le seguía mirando los brazos, apenas el

erzählte und davon, wie toll es wäre, einmal ein paar Pesos zusammenzukratzen und an einem Samstag bis nach El Bajo zu entwischen.

»Du siehst ja wirklich furchtbar aus«, sagte er zu Marta nach ihrer Umarmung. »Aber da draußen wird das schnell wieder. Schade, dass ich nicht mitkann, ich hätte dir Reiten beigebracht.«

»Ich hab gar nicht vor, zu reiten«, antwortete Marta in einem Zustand von Mattheit und Gleichgültigkeit. »Mir reicht es, über die Felder zu spazieren, in der Dämmerung.«

»Da wirst du sicher von Herbstmilben aufgefressen.«

Sie begannen einander wieder wahrzunehmen, sich zu erkennen. Sie tauschten schüchterne Anspielungen auf die vergangene Zeit aus, Martas Geburtstag, das Geschenk, das sie Carlos María zu seinem geschickt hatte. Was er von ihr sah, waren die schönen Arme, lang und sehr weiß, die beinah durchscheinende Haut am Hals, die von innen funkelnden Hilaireaugen. Marta begann, von Rolando Yepes zu erzählen, davon, wie Rolando Yepes zeichnete.

»Verdammte Estancia. Ich verpasse vier Monate des Semesters und verlerne auch noch alles, was ich schon konnte. Rolando meint, das sei wahnsinnig schade, gerade in diesem Jahr dürfe man eigentlich keine Zeit verschwenden.«

Sie erzählte von den Professoren und davon, was sie sich erhoffte. Er betrachtete weiterhin ihre Arme, blickte

pecho donde la blusa se le alzaba liviana; pero le miraba los brazos y también la estrecha cintura todavía un poco de chiquilina.

—Tu Rolando debe ser una bestia —le dijo antes de irse.

El año pasó mal porque Marta no se repuso en la estancia y cuando la trajeron se empeñó en ir a la academia y hubo que darle permiso. Tuvo una bronquitis a la semana, el doctor Roderich hizo venir a una enfermera y Marta quedó confinada en la oscuridad; Carlos María la escuchaba desde lejos quejarse blandamente, con algo de gorrión o de gatito. Fueron cinco días horribles hasta saber que se salvaría. Cuando él dejaba el estudio para acercarse al comedor, puesto avanzado donde se adivinaba el movimiento en la habitación de Marta, Rolando Yepes venía a sentarse a su lado, buscando alguna palabra de esas que uno inspira a otro para escucharlas después y consolarse. Iba diariamente a la casa, se quedaba horas en el comedor y mamá Hilaire lo dejaba estar, le servía café y pastelitos, una noche lo quiso hacer quedar pero él rehusó, para volver el día siguiente desde el mediodía.

nur scheu auf ihren Oberkörper, dorthin, wo sich ihre Bluse schon leicht wölbte; nichtsdestoweniger schaute er auf die Arme und auch auf die schmale, immer noch ein bisschen mädchenhafte Taille.

»Dein Rolando muss ja ein toller Typ sein«, sagte er, bevor er ging.

Das Jahr nahm einen schlechten Verlauf, denn Marta erholte sich auf der Estancia nicht, und nach ihrer Rückkehr stellte sie sich so lange stur, bis man sie in die Hochschule gehen ließ. Nach einer Woche schon bekam sie eine Bronchitis, Doktor Roderich beorderte eine Krankenschwester ins Haus, und Marta wurde ins Dämmerlicht verbannt; Carlos María hörte sie von ferne wimmern, wie ein kleiner Vogel oder ein Kätzchen. Fünf furchtbare Tage vergingen, bis sicher war, dass sie durchkommen würde. Immer wenn er das Arbeitszimmer verließ, um bis ins Esszimmer vorzurücken, dem Vorposten, von dem aus man die Bewegungen in Martas Zimmer erahnen konnte, setzte sich Rolando Yepes zu ihm, als wäre er auf der Suche nach ein paar Worten der Hoffnung, die er sich nicht selber sagen konnte, nach deren Klang er sich aber sehnte. Er kam jeden Tag zu ihnen, wartete, von Mama Hilaire geduldet, stundenlang im Esszimmer. Sie brachte ihm Kaffee und Gebäck, eines Abends lud sie ihn sogar ein, zu bleiben, aber er floh und war am nächsten Tag zur Mittagszeit wieder an seinem Platz.

Miraban (sentados en el sofá verde, donde había números de *Life* y cigarrillos sueltos) entrar y salir del cuarto de Marta, leían las noticias según la cara de la enfermera o de mamá Hilaire. Carlos María hubiese querido estar solo, pero Rolando era discreto y tímido, se estaba horas callado fumando su pipa, a veces adquiría un aire de astuta espera, como si de pronto la habitación al fondo del pasillo fuera a abrirse y ocurrir un gran milagro. En aquellos momentos a Carlos María lo contagiaba la tensión de Rolando, lo observaba admirado para retroceder luego a su desazonado rencor, a la presencia del intruso en la familia. A ratos se acercaba don Elías y se sentaba entre los dos, murmurando su esperanza en frases espesas y baratas; Carlos María lo escuchaba como se huelen las colonias ordinarias.

Un día que Rolando no pudo volver por unos trabajos prácticos, Carlos María fue dueño del sofá y se tendió con holgura, relajado y victorioso. Tenía los pies en el lugar donde se sentaba Rolando, la cabeza en el brazo de felpa, y hacía anillos de humo con una blanda destreza. Se dejó estar así una hora, tal vez dos. La enfermera entraba y salía de la habitación de Marta,

Sie beobachteten (vom grünen Sofa aus, wo Ausgaben der *Life* und Zigaretten bereitlagen) das Kommen und Gehen an Martas Zimmertür, lasen von den Mienen der Krankenschwester oder Mama Hilaire die Neuigkeiten ab. Carlos María wäre lieber allein gewesen, aber Rolando war da, zurückhaltend und schüchtern. Schweigend rauchte er Stunde um Stunde seine Pfeife, nur ab und zu schien er aus seinem Warten aufzuschrecken, als ob sich gleich die Tür am Ende des Flurs öffnen und ein Wunder geschehen würde. In solchen Momenten ließ sich Carlos María von Rolandos Aufregung anstecken, schaute bewundernd zu ihm hinüber, um sich dann wieder an seinen schwelenden Groll auf den Eindringling zu erinnern. Bisweilen kam Don Elías vorbei und setzte sich zwischen die beiden, in zähen Worten murmelte er von seiner Zuversicht; Carlos María hörte ihm zu, aber er glaubte seinen abgedroschenen Sätzen nicht.

Als Rolando an einem Nachmittag Unterricht hatte und deswegen nicht kommen konnte, war Carlos María wieder Herr über das Sofa und streckte sich genüsslich aus, entspannt und siegessicher. Seine Füße ruhten auf Rolandos Platz, der Kopf auf der Plüscharmlehne, und mit lässigem Geschick ließ er Rauchringe schweben. So faulenzte er eine Stunde, vielleicht zwei. Die Krankenschwester lief geschäftig hin und her und zeigte sich

haciéndole al pasar un gesto complacido, y él gozaba la certeza de su mejoría, de poder estar pronto a su lado. En un momento —corrían las cortinas del comedor, el aire se llenaba de jarabes opalinos— se preguntó lejanamente por qué su alegría no era más grande y más entera. Dueño del sitio, otra vez él y Marta. Golpeó con los tacos el asiento del sofá, vio la fina columna de polvo que ascendía como los genios en *Las mil y una noches*. Le pareció que estaba solo y que le faltaba algo, hasta que vino don Elías y hablaron de la guerra, de la privilegiada posición de nuestra patria en medio del caos. "Ser neutral es ser superior a todos", proclamaba a veces don Elías. También lo dijo ahora, también Carlos María contestó con respetuoso asentimiento, con una vaga felicidad ahora que se lo llevaban a pensar en otra cosa, lo extraían de ese sentimiento de indefinida privación en que había pasado la tarde.

La luz de la convalecencia era ya suya; abría las manos, palmas arriba sobre las sábanas, y la apresaba golosa, jugando con la luz como madejas de lana. Dejaban a Carlos María que la mirara un momento desde la puerta, con

ihm gegenüber zuversichtlich. Er kostete die Gewissheit von Martas Genesung voll aus, die Gewissheit, bald an ihrer Seite sein zu können. Irgendwann – die Vorhänge im Esszimmer wehten, das Licht füllte die Luft mit milchigen Schlieren – fragte er sich, warum seine Freude nicht größer und ungetrübter war. Herr der Lage, so wie früher, nur er und Marta. Er klopfte mit den Absätzen auf das Sofakissen und beobachtete die feine Staubsäule, die aufstieg wie die Geister aus *Tausendundeiner Nacht.* Er fühlte sich einsam und unvollständig, bis Don Elías sich zu ihm setzte und sie über den Krieg sprachen, über die privilegierte Position, die unser Vaterland in dem ganzen Chaos einnahm. »Neutralität bedeutet Überlegenheit allen gegenüber«, war eine von Don Elías' Weisheiten. Auch jetzt tönte er damit, und wie so oft stimmte Carlos María wortlos zu, glücklich bloß, dass er abgelenkt wurde, dass man ihn aus diesem Zustand unbestimmter Entbehrung befreite, der ihn den Nachmittag über nicht losgelassen hatte.

Mit den Lebensgeistern gewann sie auch das Licht zurück; sie öffnete die Hände, die auf den Laken ruhten, und griff, als spielte sie mit Wollknäueln, begierig nach den Strahlen. Man erlaubte Carlos María, von der Schwelle aus kurz nach ihr zu sehen, es war

prohibición de decirle una palabra; pero ahora pudo entrar, sentarse en un escabel al lado del lecho, acariciar el brazo enflaquecido de la niña.

Las primeras palabras de Marta fueron para preguntarle por Rolando. A él le dolió contestar la verdad, relatarle la fiel presencia de Rolando en la casa. No tardaría en venir, pero entre tanto estaba el tiempo de antes, con Marta y él en el jardín. Cuando Rolando volvía a la voz de Marta, a mitad de un recuerdo o un proyecto para ellos dos solos, en Carlos María pasaba como un caerse de golpe, un girar apenas el tapón facetado de las botellas, y ver un juego de imágenes sustituido instantáneamente por otro, sin relación con el anterior, atrozmente distinto.

—Perdoname —dijo de pronto Marta, que tenía el rostro devastado y un romanticismo mantenido por la dieta y la mañanita de lana rosa—. Hago mal en hablarte de él. Ya sé ...

—No sabés nada de nada. Por mí podés seguir nombrándolo, sos libre.

—Vos has sido tan bueno, todo este tiempo.

—Él también —dijo con heroísmo Carlos María. Le costó menos de lo que hubiera

ihm aber verboten, ein Wort an sie zu richten; schließlich ließ man ihn eintreten, sich auf ein Bänkchen am
Bett setzen, den abgemagerten Arm des Mädchens strei-
cheln.

Marta fragte ihn zuallererst nach Rolando. Ihn
schmerzte die Wahrheit, ihr von Rolandos ständiger
Anwesenheit im Haus berichten zu müssen. Er würde
sicher gleich eintreffen, aber bis dahin war es wie früher
im Garten, nur Marta und er. Jedes Mal wenn Marta
doch wieder auf Rolando zu sprechen kam, sich an etwas erinnerte oder für die beiden allein plante, traf es
Carlos María wie ein Schlag, wie ein kurzes Drehen am
geschliffenen Glaskorken, dessen Facetten ein Bild auf
das nächste folgen ließen, zusammenhangslos, auf grau-
same Weise zersplittert.

»Entschuldige«, sagte Marta gleich, deren Gesicht
noch ausgezehrt war, aber durch die spezielle Diät und
die rosa Strickjacke hatte sie doch ihre Lieblichkeit bewahrt. »Es ist nicht besonders nett von mir, mit dir über
ihn zu sprechen, ich weiß ...«

»Was weißt du schon. Von mir aus mach ruhig weiter,
ganz wie du willst.«

»Du warst so lieb, die ganze Zeit.«

»Er auch«, erwiderte Carlos María heldenmütig.
Das hatte sich leichter gesagt als erwartet. Heldenmütig wie früher, als er sich wie von der Kugel getroffen

supuesto. Un heroísmo como el de antes, cuando se tiraba fusilado, pronunciando las últimas memorables palabras.

Anunciaron a Rolando, precedido de flores y un paquete con aire de confitería de barrio. Carlos María se levantó para dejarlos solos.

—Mirá que sos tontito —dijo Marta con una voz tan para él, tan del lado de antes, que Carlos María pasó delante de Rolando como un dios.

Después el año se fue rápido. Llevaron a Marta a Córdoba, la casa estuvo vacía de mujeres hasta el final de los cursos. Fue un gran tiempo para Carlos María. Los muchachos se juntaban con él todas las tardes a estudiar en la sala grande, hacían pausas en la botánica y el reinado de Pepino el Breve para ensayar *boogies* o discutir con elegancia marcas de cigarrillos y automóviles. A veces don Elías llegaba del estudio y se quedaba un rato, tratándolos de igual a igual con tanta cordialidad que los muchachos se le entregaban enseguida. Era la hora en que don Elías mandaba traer el frasco de caña seca, y bebían sus copitas con aire de entendidos y fumando. Cosa rara, el Bebe Matti no había vuelto a hablar de mujeres

fallen ließ, die denkwürdigen Abschiedsworte auf den Lippen.

Ein Blumenstrauß und eine Schachtel – vermutlich aus der Confitería an der Ecke – kündigten Rolando an. Carlos María stand auf, um die beiden allein zu lassen.

»Ach stell dich doch nicht so an«, sagte Marta in einem Ton so speziell für ihn, so sehr wie früher, dass er an Rolando vorbeischwebte wie ein Gott.

Danach ging das Jahr schnell vorüber. Marta wurde nach Córdoba gebracht, bis zum Ende des Studienjahrs wohnten keine Frauen im Haus. Für Carlos María war es eine großartige Zeit. Jeden Nachmittag kamen die Jungs zum Lernen im großen Salon zusammen, nutzten die Pausen zwischen den Botanikstudien und der Regentschaft von Pepino el Breve, um Boogies zu üben oder ganz vornehm über Zigarettenmarken und Autos zu fachsimpeln. Manchmal kam Don Elías aus seinem Arbeitszimmer herüber und blieb eine Weile, sprach so verständnisvoll mit ihnen und so herzlich, dass die Jungs ihm sofort verfielen. In solchen Momenten schickte Don Elías nach der Karaffe mit dem herben Zuckerrohrschnaps, und sie nippten mit Kennermiene an ihren Gläschen und rauchten. Merkwürdigerweise hatte Bebe Matti nie wieder mit Carlos María über Frauen gesprochen. Einen Abend verbrachten sie mit Díaz Alcorta in

a Carlos María. Una noche se fueron al bajo con Díaz Alcorta, se le animaron al *Avión* y bebieron tres cervezas cada uno. La mujer de Carlos María era flaca y comprensiva, le dio consejos y prometió vagamente encontrarse con él alguna tarde para concretar una encamada. Salieron mareados y orgullosos, disimulando las dos cosas y sobre todo el orgullo. Carlos María pensó muchas veces en Yaya, pero no en telefonearle y llevársela a una posada. Pensándolo, no lo pensaba. Cierta expresión del portero del cabaret, sumada a la de Yaya cuando le decía: "Qué bien bailás la milonga, m'hijo", lo detenían al borde del ridículo. Imaginaba problemas, ceremonias; que le pedían la libreta en el hotel, o lo mandaban de vuelta con un vigilante. Todo eso delante de Yaya, o para que lo supiera don Elías. Cuando se decidió a renunciar, a esperar, tuvo una alegría casi indigna. Como de chico, cuando había encontrado el perfecto pretexto para no hacer algo que le repugnaba o le dolía.

Marta volvió en noviembre y Carlos María fue a la estación con don Elías; Rolando Yepes estaba también ahí. Se habían visto muchas

El Bajo, schleppten ihn mit ins *Avión* und tranken drei Bier. Die Frau an Carlos Marías Seite war sehr dünn und sehr einfühlsam, sie gab ihm Ratschläge und bot an, sich irgendwann abends mit ihm zu treffen und sich mal auf ihre Weise seiner anzunehmen. Schwindelig und stolz gingen die Jungs nach Hause, die Gefühle überspielend, vor allem den Stolz. Carlos María dachte oft an Yaya, aber er rief sie nicht an, um mit ihr in eine Pension zu gehen. Auch wenn er es überlegte, dachte er nicht im Traum daran, es wirklich zu tun. Eine Bemerkung des Türstehers vom Kabarett und später Yayas Spruch »Wie gut du die Milonga tanzt, Kleiner« bewahrten ihn davor, sich lächerlich zu machen. Er malte sich die Probleme, die Formalitäten aus; dass sie im Hotel seine Papiere sehen wollten oder dass sie ihn an der Seite eines Polizisten nach Hause schickten. Und das alles vor Yaya, oder, noch peinlicher, dass Don Elías davon erfuhr. Als er den Entschluss fasste, zu verzichten, zu warten, spürte er eine fast diebische Freude, die ihn in seine Kindheit zurückversetzte, in der er so oft den perfekten Vorwand gefunden hatte, sich zu drücken, sobald ihn etwas ekelte oder ihm wehtat.

Marta kam im November zurück, und Carlos María fuhr mit Don Elías zum Bahnhof; Rolando Yepes war auch da. Sie hatten sich oft gesehen, weil Rolando sich bei Don

veces porque el muchacho iba a pedir noticias de Marta a don Elías, y Carlos María lo invitaba al comedor y le ofrecía una copa y el sofá. En esas ocasiones hablaban como amigos, nombrando poco a Marta, prefiriendo el fútbol y la guerra. Rolando era anglófilo y de San Lorenzo, así que había pie para discusiones largas y argumentos. Se habían hecho buenos camaradas, Carlos María sospechaba la influencia de Rolando sobre su manera de pensar, la gran ventaja de los dos años que le llevaba. Pero Rolando no aprovechaba de ella, admitía las peores opiniones de su amigo, a veces el diálogo terminaba en un golpearse los hombros y una risa llena de confianza, casi de alegría.

Le molestó verlo en la estación, prueba palpable de que Marta le escribía. Su vuelta era casi inesperada, mamá Hilaire la decidió en un par de días. Y Rolando estaba allí, dándole fuertemente la mano a don Elías que era su confesado protector, acercándose a Carlos María para palmearle la espalda. Hubiera querido plantarlos, meterse en la confitería y olvidar. De una manera vaga recordaba que en las novelas se olvida yéndose a las confiterías

Elías nach Marta erkundigte, und jedes Mal bat Carlos María ihn in den Salon, um auf dem Sofa ein Glas mit ihm zu trinken. Bei diesen Begegnungen unterhielten sie sich wie Freunde, bevorzugt über Fußball und über den Krieg, und sprachen selten über Marta. Rolando gefiel alles, solange es englischen Ursprungs war, und er war Fan vom Club San Lorenzo, was Anlass für endlos lange Diskussionen und Wortgefechte bot. Letztendlich waren sie gute Kameraden geworden, Carlos María fürchtete durch den großen Vorsprung von zwei Jahren, die Rolando ihm voraus war, ein wenig dessen Einfluss auf sein Denken. Aber Rolando nutzte diesen Vorteil nicht aus, ließ vielmehr auch die abwegigsten Ansichten seines Freundes gelten, und hin und wieder endete die Unterhaltung mit gegenseitigem Schulterklopfen und einem vertrauten, sogar ausgelassenen Lachen.

Carlos María ärgerte sich, Rolando am Bahnhof zu sehen, was Beweis dafür war, dass Marta ihm schrieb. Denn ihre Rückkehr kam fast unerwartet, Mama Hilaire hatte sie wenige Tage zuvor angeordnet. Rolando war zur Stelle, drückte Don Elías, seinem erklärten Beschützer, fest die Hand, und Carlos María klopfte er zur Begrüßung auf die Schulter. Wie gern hätte er sie stehen gelassen, sich in die Confitería verkrochen, um alles zu vergessen. Vage erinnerte er sich, dass man in den Romanen zum Vergessen in Bars geht und

y bebiendo. No veía claro lo que le tocaba olvidar; como si ahora le molestara la vuelta de Marta, no tanto ver ahí a Rolando sino la llegada de ella. Si Marta hubiera venido y solamente él estuviera en la estación esperándola ... Pero ni siquiera eso. Y Rolando le hablaba del triunfo de San Lorenzo en Lima, cuatro a uno y qué paseo, viejo, qué paseo padre.

A la edad de Carlos María los recuerdos se ponen ya a manchar el presente y malograrlo. El ritual de fin de año fue idéntico al anterior, de manera que él anduvo por los exámenes, los panes dulces y las corbatas nuevas como por habitaciones de toda la vida, encontrando a ciegas las llaves, evitando con un fino esguince la punta de la mesa y el borde de las sillas. Todo se repetía como en una copia de papel carbónico, primero aprobar los exámenes, después Nochebuena, después ir a sacar los pasajes, después Año Nuevo —y don Elías baleando la noche con su pistola Mannlicher—, después la estancia por todo el verano. En ese esquema riguroso y eficaz, Marta era un poco el fino pliegue que altera la copia. Estaba distinta, con una belleza intocable que encendía en Carlos María

trinkt. Ihm war nur nicht klar, was er vergessen wollte. Plötzlich ärgerte ihn Martas Rückkehr, weniger, Rolando dort zu treffen, sondern ihre Ankunft. Würde doch nur er allein am Bahnhof auf sie warten ... Aber nicht nur das. Rolando prahlte vor ihm mit dem Triumph von San Lorenzo in Lima, vier zu eins, und was für ein Spaziergang, Mann, was für ein Wahnsinnsspaziergang.

Schon in Carlos Marías Alter beginnen die Erinnerungen die Gegenwart zu trüben und zu verderben. Das Ritual zum Jahreswechsel glich dem vom Vorjahr. Er bewegte sich schlafwandlerisch zwischen Prüfungen, Süßigkeiten und neuen Krawatten wie in einem schon ewig bewohnten Zimmer, ein blinder Griff nach den Schlüsseln, ein unmerklicher Schlenker vorbei an Tischkante und Stuhllehne. Alles wiederholte sich wie auf Durchschlagpapier, erst die Prüfungen bestehen, dann Heiligabend, dann die Billetts besorgen, dann Silvester – mit Don Elías, der den Nachthimmel mit seiner Mannlicher-Pistole durchlöchert –, schließlich der Sommer auf der Estancia. In diesem starren und präzisen Raster war Marta wie der feine Knick im Papier, der die Kopie verfälscht. Sie schien anders, von einer unberührbaren Schönheit, die in Carlos María das unschuldige Bedürfnis weckte, sie heimlich zu betrachten. Manchmal stutzte er bei dem

una necesidad de pura contemplación secreta. A veces se sorprendía pensando: "Ya tiene diecisiete años", la miraba girar sobre sí misma con un rápido gesto de fuga o alegría. Multitud de gestos nuevos se inventaban diariamente en ella, maneras de inclinar la cabeza, mohínes o sonrisas. Su cuerpo se llenaba de significaciones ajenas a la Marta de entonces, pero que luego adherían a ella y eran ella, para siempre. Como su voz, ahora más grave y contenida, y su vocabulario, donde las malas palabras se reducían a escasos instantes de abandono y recaída.

Mamá Hilaire no necesitaba montar la guardia, porque Marta rehuía en su primo todo lo que no fuese —aun en remotas implicaciones— fraternal. Apenas vuelta de Córdoba, se había negado a besarlo por las noches, antes de ir a dormir. Le cambió el beso por un apretón de manos, a lo camarada, y a él no le molestó. Besarla era ahora una tarea difícil, que se guardaba para los cumpleaños, la Nochebuena, los triunfos académicos. Cuando a él lo ganaba una sorda oposición a la cercanía de Marta y Rolando Yepes, hubiera querido tener la osadía de acorralar a Marta en un momento de soledad, besarla dura y largamente para imprimir en ella una constancia

Gedanken: »Siebzehn ist sie schon«, er beobachtete, wie sie sich umdrehte, wie sie sich rasch mit einer abrupten oder übermütigen Geste abwandte. Jeden Tag entdeckte er neue Gesten an ihr, wie sie den Kopf neigte, schmollte oder lächelte. Ihr Körper gewann neue Ausdrucksformen, die nichts mit der Marta von damals zu tun hatten, die aber an ihr haften blieben und nun für immer zu ihr gehörten. So wie ihre Stimme, die jetzt etwas ernster und beherrschter war, und ihre Wortwahl, in der die schlimmen Worte nur noch durchbrachen, wenn sie unachtsam war und sich vergaß.

Für Mama Hilaire gab es dennoch keinen Anlass, die Wachsamkeit zu erhöhen, denn Marta vermied ihrem Cousin gegenüber alles, was nicht rein geschwisterlich war, selbst in den kleinsten Andeutungen. Kaum war sie aus Córdoba zurückgekehrt, hatte sie aufgehört, ihm einen Gutenachtkuss zu geben. Anstelle der Küsse drückte sie ihm die Hand, freundschaftlich, und ihn störte es nicht. Sich einen Kuss zu stehlen wurde zu einem schwierigen Unterfangen und war fortan Geburtstagen, Heiligabend und Erfolgen in der Hochschule vorbehalten. Ein stummer Widerstand gegen Martas und Rolando Yepes' Annäherung wuchs in ihm, und gern hätte er die Kühnheit besessen, Marta in einem stillen Moment in die Enge zu treiben, sie lange und heftig zu küssen, um sie für immer als seinen alleinigen Besitz zu zeichnen. Er malte es sich

de dominio. Lo pensaba tan morosa y satisfactoriamente que se eximía de realizarlo, pero le quedaba una necesidad de pelearse, de discutirle cualquier cosa. Las rabias estallaban en la mesa, en la sala de estudio, por pavadas. Marta contestaba con sorprendida dignidad, después se dejaba ir y volvían al cambio de insultos, a la rápida esgrima lacerante. "Son como gatos", decía mamá Hilaire desconsolada, "gatos peleándose". Carlos María pensaba en los horrendos alaridos nocturnos en los techos. Pero también sabía que esos gatos no se peleaban bajo la luna llena, que gritaban y gemían pero que eso no era una pelea.

Volvió hecho un hombre de la estancia. "Diecisiete años, y le darían veinte", afirmó don Elías ante mamá Hilaire un poco miedosa. "Hasta domó potros, y casi se rompe el alma en un día de carreras." Mamá Hilaire resumía su alelamiento en la palabra de los grandes momentos: "¡Jesús!". Rolando lo saludó con un abrazo y un: "¡Qué alegría, hermanito!". Pero Marta estuvo recelosa y distante, aun mientras lo besaba riendo y en puntas de pie, quejándose de que la lastimaba al abrazarla.

so lebhaft und köstlich aus, dass er es nicht in die Tat umzusetzen brauchte, aber was ihm davon blieb, war ein Verlangen, sich zu streiten, ihr ständig zu widersprechen. Mal brach der Zorn beim Essen los, mal im Studierzimmer, jede Nichtigkeit genügte. Marta begegnete ihm überraschend gelassen, dann ließ sie sich wieder gehen, und es folgten aufs Neue ihre gegenseitigen Beleidigungen, ihre schnellen und zerfetzenden Tatzenhiebe. »Sie sind wie die Katzen«, stellte Mama Hilaire untröstlich fest, »wie zankende Katzen.« Carlos María dachte an das fürchterliche Geschrei nachts auf den Dächern. Aber er wusste auch, dass Katzen sich unter dem Vollmond nicht zanken, dass sie zwar schreien und fauchen, aber nicht im Kampf.

Als Mann kam er von der Estancia zurück. »Siebzehn, aber man hält ihn für zwanzig«, bekräftigte Don Elías vor Mama Hilaire, die ein wenig erschrocken wirkte, »sogar Jungpferde hat er gezähmt, und an Renntagen ging es für ihn um Leben und Tod.« Mama Hilaire brachte ihre Verblüffung mit ihrem typischen Ausruf »Jesús!«, den sie für die großen Momente aufbewahrte, auf den Punkt. Rolando begrüßte ihn mit einer Umarmung und sagte: »Wie schön, Brüderchen!« Aber Marta war scheu und zurückhaltend, auch als sie ihn lachend und auf den Zehenspitzen stehend küsste und sich beschwerte, dass seine Umarmung ihr wehtue.

Le quedaban dos semanas antes de empezar tercer año. Los primeros días fueron las anécdotas, los rollos de Kodak, telefonear a los muchachos y salir con ellos a interminables caminatas llenas de compulsas, silencios, esbozos de confesiones. Después sintió la necesidad de quedarse en casa, atento a los ruidos y los olores de casa, donde Marta y Rolando eran los amos y él se sentía indeciblemente desplazado, perdedor en Marta y en mamá Hilaire, y hasta en Rolando. Tuvo que reconocerlo: hasta en Rolando. La camaradería de antes, cuando la enfermedad y la ausencia de Marta, se sustituía ahora por rápidos diálogos de pasaje; Rolando se iba enseguida tras de Marta, a discutir cuadros y libros, tirándose teorías y largas profesiones de fe por la cabeza.

A su edad nadie se observa con demasiado rigor, y Carlos María sólo estaba seguro de un cosquilleo incómodo cada vez que encontraba a Marta con Rolando. Sin darse clara cuenta se admitía pequeñas deslealtades, tirarse a leer en el salón donde los camaradas estudiaban, interrumpirlos con preguntas a cada

Ihm blieben zwei Wochen, bis er ins dritte Jahr kam. Die ersten Tage waren ausgefüllt mit Anekdoten, seinen Kodakfilmen und den Anrufen bei den Jungs, um mit ihnen endlose Streifzüge zu unternehmen, bei denen sie sich bald aneinander maßen, bald in Anspielungen sprachen oder schwiegen. Danach trieb es ihn nicht mehr raus, aufmerksam verfolgte er die Gerüche und Geräusche zu Hause, wo Marta und Rolando die Herrschaft übernommen hatten und er sich unsagbar fehl am Platze fühlte, als Verlierer gegenüber Marta und Mama Hilaire und sogar gegenüber Rolando. Er musste es zugeben: sogar Rolando gegenüber. Die Kameradschaft von damals, als Marta krank oder verreist war, wurde jetzt von knappen Worten und flüchtigen Begegnungen abgelöst; Rolando ließ ihn einfach stehen und ging direkt weiter zu Marta, um mit ihr über Bücher und Bilder zu sprechen und einander Theorien und Überzeugungen an den Kopf zu werfen.

In Carlos Marías Alter beobachtet niemand sich selbst übermäßig genau, und deshalb war er sich jedes Mal eines unangenehmen Kribbelns bewusst, wenn er Marta mit Rolando antraf. Ohne es zu merken, kam er ihnen häufiger in die Quere, setzte sich zum Lesen in den Salon, wo die beiden lernten, unterbrach sie ständig mit Fragen, spielte mit dem Hund oder bot Zigaretten an. Ihn störte

rato, juegos con el perro o intercambio de cigarrillos. Le molestaba en Rolando ese tono apagado que le advertía en la voz cuando se quedaba cerca de Marta hablándole confidencialmente. Ella lo escuchaba atenta, a veces admirativa, pero no era su actitud sumisa la que alertaba a Carlos María, más bien la entrega progresiva de Rolando, la pérdida de su ágil dominio del comienzo, su actitud mano a mano e independiente; su belleza segura de muchacho. En esa transformación adivinó Carlos María el acercamiento de Rolando a Marta, y ya no pudo negarse los celos, negarse a los celos que lo incitaban desde proyectos sin mañana, desde ansiosas compensaciones solitarias que lo extenuaban sin contentarlo.

Cuando en ausencia de Rolando buscaba la compañía de Marta, prometiéndose vagamente combatir los prestigios del condiscípulo, una distancia insalvable lo limitaba al diálogo de antes, a las brusquedades que a su vez Marta parecía provocar. Alguna vez se preguntó si a su prima la inquietaba su cercanía, y tuvo una dura alegría vencedora; después se dijo que tal vez Marta tuviera fastidio, hasta repugnancia. Una tarde se animó a hacerle una

an Rolando der gedämpfte Tonfall, durch den er schon an der Stimme merkte, wie nah Rolando Marta war, wenn er vertraulich mit ihr sprach. Sie hörte aufmerksam zu, manchmal bewundernd, doch war es nicht ihre Ergebenheit, die Carlos María aufhorchen ließ, sondern Rolandos wachsende Hingabe, für die er seine anfänglich so leichtfüßige Überlegenheit aufgab, sein kameradschaftliches Verhalten und seine Unabhängigkeit ablegte; seine selbstbewusste jugendliche Schönheit. An dieser Veränderung erriet Carlos María die Annäherung zwischen Marta und Rolando, und nun konnte er die Eifersucht nicht mehr leugnen, kam er nicht mehr gegen diese Eifersucht an, die ihm wie ein Stachel im Fleisch steckte, aufgewiegelt von aussichtslosen Versuchen, sich abzureagieren, die ihn allesamt erschöpften, aber in seiner Einsamkeit nicht trösten konnten.

Wenn Carlos María in Rolandos Abwesenheit Martas Gesellschaft suchte und sich erhoffte, das Ansehen seines Rivalen untergraben zu können, kam er nicht über die Gespräche von einst hinaus, über die Schroffheiten, die Marta ihrerseits zu provozieren schien. Einmal vermutete er, dass seine Cousine in seiner Nähe nervös wurde, und gleich spürte er einen stumpfsinnigen Siegestaumel; dann wiederum sagte er sich, dass er ihr vielleicht auf die Nerven ging und sie sogar voller Widerwillen war. An einem Nachmittag wagte er ihr gegenüber einen sehr

broma directa, mezclada con una mano que le rozó los senos; ella se le tiró encima dándole bofetones y puntapiés, en medio de un gran silencio. Estaba tan roja que él la creyó furiosa, y ya en el error confundió los livianos zarpazos y se apartó riendo, sin deseos de recomenzar, mientras Marta le daba la espalda, temblando un poco, maldiciendo en voz baja con lo mejor del lenguaje de antes. Esa tarde estuvo tiernísima con Rolando, le dio bombones en la boca, hizo de él tales elogios que mamá Hilaire terminó reprendiéndola. Los celos estallaron en Carlos María con una fuerza que primero lo arrojó a su cuarto, en una crisis de patadas a las geografías y los taburetes, y luego lo hizo ambular taciturno por los rincones oscuros de la casa. Aquello duró dos días, y en la tarde del tercero acabó metiéndose en el vacío estudio de su padre, ya harto de no hacer nada, errando de sillón en sillón, de cosa en cosa, hasta abrir sin pensarlo el viejo escritorio de cortina que ya nadie usaba.

La carta estaba en uno de los cajones chicos, mezclada con recibos del campo, olor a palo

eindeutigen Scherz und streifte dabei mit der Hand ihre Brüste; sie stürzte sich mit Ohrfeigen und Tritten auf ihn, keiner von beiden sagte ein Wort. Sie wurde rot im Gesicht, so dass er sie für wütend hielt, und in diesem Irrtum verstand er die fordernden Tatzenhiebe völlig falsch, lachte sie aus und ließ, ohne ihr Verlangen zu erkennen, von ihr ab, während Marta ihm den Rücken zukehrte und ihn leise bebend mit einer derben Auswahl an Ausdrücken von früher verwünschte. Später an diesem Nachmittag war sie besonders zärtlich zu Rolando, steckte ihm Süßigkeiten in den Mund und schmeichelte ihm derart übertrieben, dass Mama Hilaire sie schließlich zurechtweisen musste. Die Eifersucht brach in Carlos María mit einer Wucht los, die ihn zuerst in sein Zimmer trieb, wo er wild nach den Geographiebüchern und Hockern trat, und später niedergeschlagen durch die dunklen Winkel des Hauses streifen ließ. So missgelaunt verbrachte er zwei Tage, und am Nachmittag des dritten strandete er allein im Arbeitszimmer seines Vaters, er war es schon leid geworden, nichts zu tun, von Sessel zu Sessel zu irren, von einer Sache zur anderen, als er ohne Hintergedanken den alten Sekretär öffnete, den schon lange niemand mehr benutzte.

Der Brief lag in einer der kleinen Schubladen, die nach Palisander rochen, zwischen alten Belegen von

santo, un discurso de José Manuel Estrada y un número de *Caras y Caretas* donde había un poema de Fernández Moreno dedicado al aviador Saint-Romain. Al principio fue fácil leer, una letra clara como en los tiempos de la caligrafía, pero a la vuelta se mezclaba con parches amarillos, hongos incorpóreos que tapaban palabras enteras. La letra era de don Elías, el destinatario (¿la habría recibido, devuelto luego, o era un borrador, un arrepentimiento?) no alcanzaba a mostrarse con claridad.

Estimada señorita:

No me molesta el tono de su carta; lo encuentro muy propio de quien se cree en el deber de velar por la moralidad pública y privada. Ahora bien, sepa usted que en mi casa se   sin limitación a los parientes y amigos, en cuanto no pretendan convertirse en censores como acaba usted de hacerlo en una forma que yo ni mi esposa estamos dispuestos a permitir. Lamento que haya llegado al extremo de hacer   a mi esposa, quien sabe mejor   deberes de mujer y de cristiana. Si esa criatura está   mi hogar,

Besorgungen auf dem Land, einem Vortrag von José Manuel Estrada und einer Ausgabe von *Caras y Caretas,* die ein Gedicht von Fernández Moreno enthielt, eine Hommage an den Piloten Saint-Romain. Die ersten Zeilen des Briefes waren gut leserlich, eine klare Handschrift wie aus Zeiten, als man noch Kalligraphie lernte, aber schon bald verdeckten gelbe Flecken, wie wuchernde Pilze, ganze Wörter. Es war Don Elías' Handschrift, wer die Empfängerin war (hatte sie den Brief bekommen und später zurückgeschickt, oder war es ein vorgeschriebener Entwurf?), konnte man nicht entziffern.

Verehrtes Fräulein,

der Tonfall Ihres Briefes empört mich keineswegs; mir scheint er sogar sehr treffend für jemanden, der sich verpflichtet fühlt, über die öffentliche und private Moral zu wachen. Allerdings sollten Sie wissen, dass man in meinem Hause Verwandte und Freunde ohne Einschränkung   , solange sie sich nicht anmaßen, als Sittenwächter aufzutreten, so wie Sie es soeben getan haben, überdies in einer Form, die weder ich noch meine Gattin gutheißen können. Ich bedaure sehr, dass Sie so weit gegangen sind, meine Gattin   , die besser als   ihre Pflichten als Ehefrau und Christin kennt. Dieses Kind ist   meinem Hause, weil

es porque tanto   como yo hemos procedido de acuerdo con nuestra conciencia. Bien sé que para mi esposa ha sido mucho más penoso que para mí (aunque nadie más que yo conoce mis sufrimientos y mi mortificación en este asunto; hasta diría mi arrepentimiento). Por eso me ofende su repentina   en algo que es del exclusivo resorte nuestro, y lamento profundamente que una infundada confianza en usted me haya llevado a confiarle una cuestión   ...creto de familia. He dado a leer su carta a mi esposa, quien está de acuerdo esto que le escribo. Si Marta es Hilaire, a nadie más que a mí incumbe cumplir con los deberes que de ahí derivan; mi esposa sabe y sabrá ayudarme, porque en ella, como en las santas, la caridad se ha sobrepuesto a los prejuicios. Aplíquese de esto lo que crea conveniente, y proce...   mande su religión y su inteligencia,

Elías Hilaire

La primera noche no fue nada, durmió duramente hasta muy tarde y sin sueños. Ya al despertar, cuando vacilaba entre levantarse a hacer gimnasia o seguir remoloneando un rato,

sowohl   als auch ich nach bestem Gewissen gehandelt haben. Ich weiß sehr wohl, dass es für meine Ehefrau viel schmerzlicher ist als für mich (auch wenn niemand mein Leiden und meine Qual bezüglich dieser Angelegenheit so gut kennt wie ich; ich würde sogar behaupten, meine Reue). Deswegen beleidigt mich Ihre plötzliche   in einer Sache, die ausschließlich uns betrifft, und ich bedauere zutiefst, dass ein offenbar jeder Grundlage entbehrendes Vertrauen in Sie mich dazu bewogen hat, Ihnen diese Angelegenheit   ...iliengeheimnis anzuvertrauen. Ich habe meiner Frau Ihren Brief zu lesen gegeben, und sie ist einverstanden   was ich Ihnen schreibe. Wenn Marta eine Hilaire ist, obliegt es niemanden mehr als mir, die Pflichten wahrzunehmen, die sich daraus ergeben; meine Frau will und wird mir zu helfen wissen, denn für sie, einer Heiligen gleich, steht die Nächstenliebe über den Vorurteilen. Schließen Sie hieraus, was Ihnen angemessen erscheint, und verfah...   Ihr Glauben und Ihre Intelligenz Sie leitet,

Elías Hilaire

In der ersten Nacht passierte gar nichts, er schlief wie ein Stein, lange und traumlos. Aber als er langsam wach wurde und noch überlegte, ob er für die Morgengymnastik aufstehen oder sich noch einmal umdrehen sollte,

una angustia incontenible le puso las patas sobre el estómago, una sed y un ahogo lo hicieron saltar de la cama. En otro tiempo había sentido lo mismo cuando reflexionaba —siempre así, un segundo antes de levantarse— que no le alcanzaría el promedio para eximirse de alguna materia, o que mamá Hilaire podía morir. Se dejó estar en la ducha fría, negándose al momento en que enfrentaría a Marta y los tazones de café con leche. Pero después estuvo sereno, le hizo bromas sobre su cara de dormida, el batón azul y el pelo revuelto. Ganaba tiempo para mirarla, encontrar los ojos de Marta que ahora, irrevocablemente, eran los ojos Hilaire de la infancia. No le dolía que fuese su hermana, ni que el secreto explicara mejor las separaciones atentas, los incesantes alertas de mamá Hilaire. Era otra cosa, un sordo sentimiento sin palabras donde don Elías y mamá Hilaire pasaban como enormes arañas obstinadas en un deber monstruoso y mantenido, capaz de cegar el porvenir para que el pasado se conservara respetable e intocado. Mamá Hilaire había sido la peor, la encarnación de la santidad más abominable; protegiendo la falta de don Elías, cubriendo

schnürte ihm eine beklemmende Angst die Kehle zu, Durst und Atemnot ließen ihn aus dem Bett springen. Dieses Gefühl kannte er von früher – immer dann, einen Augenblick vor dem Aufstehen –, wenn er sich vorgestellt hatte, dass sein Notenschnitt nicht ausreichen könnte, ein Fach abzuschließen, oder dass Mama Hilaire plötzlich sterben könnte. Er blieb ewig unter der kalten Dusche, schob den Moment hinaus, Marta beim ersten Milchkaffee gegenüberzusitzen. Aber dann riss er sich zusammen, machte sogar Scherze über ihr verschlafenes Gesicht, den blauen Morgenmantel und ihr ungekämmtes Haar. So gewann er Zeit, sie zu beobachten, ihre Augen zu suchen, die er jetzt ohne Zweifel als die Hilaireaugen ihrer Kindheit wiedererkannte. Es schmerzte ihn nicht, dass sie seine Schwester war, auch nicht, dass dieses Geheimnis endlich erklärte, warum Mama Hilaire sie in ständiger Alarmbereitschaft voneinander ferngehalten hatte. Es war etwas anderes, eine nicht in Worte zu fassende Vorstellung, Don Elías und Mama Hilaire glichen zwei riesigen Spinnen, die lauernd über ihrem schrecklichen Plan wachten, jederzeit bereit, die Zukunft auf ewig zu verdunkeln, damit die ehrbare Vergangenheit unangetastet bliebe. Am schlimmsten war Mama Hilaire, die in ihrer abscheulichen Scheinheiligkeit Don Elías' Fehltritt vertuschte. Wie eine Glucke hatte sie, alles verzeihend, das Kind unter ihre Fittiche genommen, während ihr

con un ala de gallina perdonadora a la criatura confesada por ese hombre sin fuerzas para evitar su venida, débil para mantenerla lejos e ignorada. Marta Hilaire, su hermana. Con una ya innegable fraternidad en la manera de mirar, el corte del mentón. Su hermana, y él estaba enamorado de ella, ardido de celos por ella, ciego frente a Rolando que repentinamente y como un semidiós —los que se aprendían en primer año, que se transformaban y eran de todo, siempre más fuertes y más hermosos—, repentinamente como un semidiós se ponía a la cabeza de la carrera, alcanzaba a Marta porque tenía derecho, podía ganarla, no era su hermano aunque la quisiera y la mereciera menos.

La tarde anterior, antes de encontrar la carta —ahora la llevaba en la billetera como un segundo corazón seco y convulso—, su cólera hacia Marta y Rolando había virado a una necesidad de lucha. No podía expulsar a Rolando, tampoco quería expulsarlo. Imposible pegarle, su culpa no era de ese orden, todo lo punitivo debía ceder a una máquina de victoria que no le diera color de venganza. Nada le habían hecho, hubiera podido tener en

rückgratloser Mann nicht die Kraft aufbrachte, seine Tochter zu verleugnen und abzuweisen. Marta Hilaire, seine Schwester! Die Ähnlichkeit zwischen den Geschwistern, die Augen, die Form des Kinns, nun war sie offensichtlich. Sie war seine Schwester, und er war verliebt, glühte vor Eifersucht und war vor allem blind vor Wut, was Rolando anbetraf, der sich unerwartet und wie ein Halbgott – so wie die Halbgötter, deren Mythen sie im ersten Schuljahr gelesen hatten, die sich verwandelten und alles gleichzeitig sein konnten, immer stärker und schöner waren als ihre Gegner –, dieser Rolando, der sich wie ein Halbgott unerwartet an die Spitze des Rennens setzte. Rolando konnte nun als Erster zu Marta vordringen, er war im Recht, auch wenn er sie weniger liebte und sie weniger verdiente, und nur er durfte sie als Einziger für sich gewinnen, denn er war nicht ihr Bruder.

Am Nachmittag bevor er den Brief gefunden hatte – er trug ihn jetzt in der Brieftasche mit sich, wie ein zweites Herz, ein vertrocknetes, schrumpliges Herz –, war seine Wut auf Marta und Rolando in Tatendrang umgeschlagen. Er konnte Rolando nicht einfach hinauswerfen, das wollte er auch gar nicht. Mit ihm prügeln konnte er sich erst recht nicht, Rolandos Schuld fiel in eine ganz andere Kategorie, jegliche Strafe durfte nicht nach Rache aussehen, sondern musste als natürlicher Sieg daherkommen. Die beiden hatten ihm ja nichts getan, Rolando hätte sein

Rolando a su mejor amigo, sólo que—. Y menos aún Marta, ella todavía menos. Entonces había planeado aprovechar su prestigio de retorno, su herencia de pasado; crear en Marta la vuelta al jardín, al sauce, a Buffalo Bill; sin eso precisamente, pero de alguna manera otra vez eso, el jardín y el sauce. Para dejar fuera a Rolando, imponerle su condición insuperable de intruso y extranjero.

Entonces había visto lúcidamente —aunque sin proponérselo, como un conocimiento inexpresable pero evidente— que sólo podría ganar a Marta desde lo personal, con el mismo juego que veía urdir a Rolando. No que le molestara, no exactamente que le molestara; guardaba desde mucho antes una ansiedad de apretarla contra sí y sentir su pelo y su nuca; aunque quién sabe si eso era el amor, se negaba a definir una atracción donde no había propósitos definidos —como tal vez con Yaya, tanto tiempo antes, o en algunos sueños que lo desazonaban por inciertos. Y todo se volvía ahora retroceso y renuncia, ceñirse a estar cerca de Marta y continuar en amigo,

bester Freund sein können, wenn nicht –. Und Marta erst, sie traf noch weniger Schuld. Deswegen hatte Carlos María beschlossen, seinen Trumpf auszuspielen, seinen Vorsprung der gemeinsam verbrachten Kindheit; Marta zurück in den Garten zu versetzen, zur Weide und zu Buffalo Bill; natürlich nicht genau so, aber doch fast so wie früher, unter der Weide im Garten. Damit wäre Rolando aus dem Spiel, gefangen in der Rolle des fremden Eindringlings.

Obwohl er nicht wusste, wie er es anstellen sollte, war ihm seit seinem Entschluss – wie eine unaussprechliche, aber nicht bestreitbare Tatsache – klar geworden, dass er Marta nur über ihre gemeinsamen Geheimnisse erobern konnte, mit dem gleichen Spiel der Vertrautheiten, die er bei Rolando abgeschaut hatte. Nichts an diesem Plan missfiel ihm, ganz im Gegenteil; ihn hatte seit viel längerer Zeit schon ein banges Sehnen begleitet, sie an sich zu pressen und ihr Haar und ihren Nacken zu spüren; obwohl, wer wusste schon, ob das Liebe war, er hatte sich jedenfalls geweigert, ein solches Wort für ein Verlangen zu verwenden, dessen Ziele nicht einmal klar umrissen waren – so wie bei Yaya, damals, oder wie in manchen Träumen, die verstörend ungewiss waren. Und jetzt verwandelte sich alles in Rückzug und Verzicht, er musste sich damit abfinden, zwar an Martas Seite zu bleiben, aber weiterhin als Komplize gemeinsamer Erlebnisse, als

en compañero de tanto vivir y pelearse y ser felices. Ya no el amor, ya no apretarla contra sí y sentir su pelo y su protesta. Dejarla ir con Rolando y su camino. Volver al orgullo de los catorce años, antes que Rolando viniera a la casa, cuando Marta era una molestia en su orgullo masculino, incomodidad en cada cena, cada viaje, cada cine. Darse a la vez cuenta —al rato, cuando el soliloquio parecía haberse agotado, satisfactorio— que no podía ser, que la idea de Rolando con Marta era como nunca esa avispa rabiosa en su puño; y él una necesidad de espada fría metiéndose entre ambos como en las leyendas de la Tabla Redonda; guardián de su hermana, entonces, aun si no era precisamente eso, si algo como una mentira lo arrastraba quemándole las siestas y las noches, denunciando esa tutoría resignada; algo como un impulso hacia otra cosa, un correr de caballo incendiado.

Organizó su renunciamiento con minucia de relojero. Ahora creía curarse aislándose poco a poco, cediendo en el recuerdo de su hermana a la presencia, siempre más

Freund zum Streiten und zum Glücklichsein. Kein Gedanke mehr an Liebe, kein Umarmen mehr, kein Mädchenhaar zwischen seinen Fingern, kein gespielter Protest. Sie ihren Weg gehen lassen, mit Rolando. Am besten wäre es, wieder der stolze Vierzehnjährige zu sein, aus der Zeit, bevor Rolando im Hause Hilaire aufgetaucht war, als Marta noch seinen Mannesstolz kränkte, ihm bei jedem Abendessen, jeder Reise, jedem Kinobesuch Unbehagen bereitete. Gleichzeitig musste er feststellen – immer wenn sein Selbstgespräch zu einem scheinbar vernünftigen Schluss gekommen war –, dass es einfach nicht sein durfte, dass allein der Gedanke an Rolando und Marta quälender war als alles zuvor, wie eine rasende Wespe in seiner Faust; und er sah sich als die kühle Schwertklinge, die beide voneinander trennen musste, wie in den Legenden der Tafelrunde. Er würde also zum Wächter seiner Schwester, obwohl es das auch nicht traf, er erkannte, wie der Selbstbetrug sich gegen ihn wandte, ihm die Siesta und die Nächte unerträglich machte und den wahren Grund seiner zähneknirschend eingenommenen Beschützerrolle aufdeckte, als risse ihn etwas, stürmisch wie ein durchgehendes Pferd, in eine ganz andere Richtung.

Er plante seinen Verzicht mit der Präzision eines Uhrmachers. Inzwischen glaubte er, sich retten zu können, indem er sich Stück für Stück zurückzog, um so in Martas Bewusstsein hinter Rolando zurückzutreten, dessen

constante y visible de Rolando. Se prometía hacerlos felices, develar el secreto un día en que mamá Hilaire y don Elías hubieran muerto, extraer la carta amarilla de su billetera en alguna noche de aniversario, mostrarla a los esposos a la hora de los brindis, con la palidez adecuada y más tarde las lágrimas, los brindis, la emoción de Marta ante la revelación de la fraternidad, el abrazo de Rolando definitivamente camarada. Construía sus sueños con prolongado detalle, dejando irse las horas de la siesta boca arriba. Un rato después hervía de rabia, exasperado por haberse dejado arrastrar a una filantropía repugnante. La inconsistencia de tanto fantaseo lo volvió tornadizo y malhumorado, ya mamá Hilaire se quejaba en alta voz y atribuía a las vacaciones en la estancia esa brusca hosquedad de Carlos María. Él le replicó ásperamente una o dos veces, hasta que don Elías lo trató de mocoso delante de Rolando. Se levantó pálido, a punto de gritar la verdad como tirándole una escupida. Rolando lo miraba apenado, invitándolo a callar, entonces todo se resumió dulcemente en una necesidad inevitable de llanto, en un irse a su cuarto

Präsenz immer stärker und unausweichlicher wurde. Er schwor sich, die beiden glücklich zu machen, das Geheimnis erst zu lüften, wenn Mama Hilaire und Don Elías längst tot waren. Er würde bei irgendeiner Familienfeier den vergilbten Brief aus der Tasche ziehen, den Eheleuten bei erhobenen Gläsern die Wahrheit eröffnen, mit angemessen blasser Miene, und später kämen die Tränen, das Anstoßen, Martas Rührung angesichts der Offenbarung ihres Bruders, die endgültig kameradschaftliche Umarmung Rolandos. Er konstruierte auf dem Rücken liegend seine Luftschlösser mit allen erdenklichen Details, während die Stunden der Siesta verstrichen. Kurz darauf kochte er vor Wut, ganz außer sich, dass er sich dieser klebrigen Großherzigkeit hingegeben hatte. Die Widersprüche all dieser Phantasien verdüsterten seine Laune, Mama Hilaire beschwerte sich schon lauthals und machte die langen Ferien auf der Estancia für Carlos Marías unausstehliche Gereiztheit verantwortlich. Er fiel ihr ein oder zweimal scharf ins Wort, bis Don Elías ihn vor Rolando wie einen kleinen Jungen herunterputzte. Bleich sprang er auf die Füße, kurz davor, die Wahrheit herauszuschreien, so wie er jemandem ins Gesicht gespuckt hätte. Rolando schaute ihn betreten an, bat ihn, den Mund zu halten. Die Anspannung löste sich und mündete in ein unaufhaltsames Bedürfnis, in Tränen auszubrechen und vor den Blicken auf sein Zimmer zu

sin mirar a nadie y ceder horas enteras a una
amargura deliciosa llena de mimos y frases
superiores.

Después de eso se puso sigiloso y astuto.
Entraba sin negárselo en un retorno a los celos, y advertía complacido que para apartar
a Rolando de Marta no le quedaba más que
mostrarse inteligente, acumular pretextos, in-
terrupciones, amabilidades llenas de encanto,
introducirse en el diálogo, ser tres con ellos,
salir a su lado, leerles los libros y compartir
los bombones. Consiguió convencer a Rolando
para ir un domingo a la cancha de Racing, otro
día telefoneó a Marta desde el centro propo-
niéndole una comedia en sección vermouth;
como ella hablaba de que Rolando iría a estudiar, le previno que la obra saldría de cartel
al otro día; Marta se dejó llevar.

Cuando salían los tres, ella se sentaba entre
ambos en los cines y los bares, el hábito los llenaba de sobreentendidos e intimidades. En la
casa, Rolando era ya el festejante que va a cenar dos veces por semana y adquiere crecientes
privilegios. Le llevaba cigarros a don Elías y
la revista *Home and Garden* a mamá Hilaire.
Aparte de Picasso, coincidían con él en todo,

fliehen, um sich stundenlang einer köstlichen Bitterkeit voller Selbstmitleid und erhabener Phrasen hingeben zu können.

Nach diesem Rückschlag korrigierte er seinen Plan und gab sich geheimnisvoll und unwiderstehlich. Im Reinen mit sich selbst, kehrte er zur Eifersucht zurück und stellte selbstzufrieden fest, dass er Rolando von Marta trennen konnte, wenn er klug handelte, Vorwände, Unterbrechungen, Liebenswürdigkeiten anhäufte, das Gespräch suchte, der Dritte im Bunde war, mit ihnen ausging, aus ihren Büchern vorlas und die Süßigkeiten mit ihnen teilte. Er überredete Rolando, an einem Sonntag mit ihm zu einem Spiel der Racings zu gehen, anderentags rief er Marta vom Stadtzentrum aus an und schlug ihr eine Komödie in der Nachmittagsvorstellung vor. Als sie erwiderte, dass Rolando lernen müsse, argumentierte Carlos María, dass der Film am nächsten Tag ausliefe; Marta gab nach.

Wenn sie zu dritt ausgingen, setzte sie sich in den Kinos und Bars zwischen die beiden, mit der Zeit verstanden sie sich ohne Worte, und das Vertrauen wuchs. Zu Hause war Rolando inzwischen als Verehrer akzeptiert, der zweimal die Woche zum Abendessen kam und mehr und mehr Privilegien genoss. Für Don Elías brachte er Zigaretten mit, für Mama Hilaire die Zeitschrift *Home and Garden*. Außer über Picasso waren sie mit ihm in

y hasta el padre de Rolando se había dado una vuelta exploratoria y cambiado saludos con los Hilaire en ocasión del primero de año.

Alguna vez, cuando se quedaban solos y Marta mordía el lápiz antes de empezar un croquis, Carlos María recelaba que ella estuviera sobre aviso, que sospechara. Llegó a tener miedo de esos momentos, tal vez porque Marta no se recataba ante él, se tendía de pronto en un canapé con las piernas demasiado descubiertas, la cabeza echada atrás hasta dejar ver los senos naciendo desde el escote como helados con su fruta de adorno. Entonces él sentía el horror del ridículo, quedándose ahí sin hacer nada cuando Marta parecía esperar por lo menos una palabra, aunque fuera como otras veces para replicar y enderezarse llena de extraña cólera turbia. A toda sospecha de deseo, Carlos María replicaba con el imperativo del deber. La fraternidad era el cristal de acuario que separa la sirena del contemplador, le da un sentimiento de seguridad previo y como fundamental, que ahoga en su nacimiento toda concupiscencia. Pero Marta estaba ahí, tocándolo, y él pensó alguna vez si no lo ponía a prueba, urdiendo a

allem einer Meinung, und am Neujahrstag hatte sogar Rolandos Vater einen Erkundungsspaziergang unternommen und Glückwünsche mit den Hilaires ausgetauscht.

Manchmal, wenn sie allein waren und Marta ein neues Kreuzworträtsel begann und am Bleistift kaute, befürchtete Carlos María, dass sie ihn durchschaut haben könnte oder Verdacht geschöpft hatte. Er bekam schließlich Angst vor diesen Momenten, denn Marta kannte ihm gegenüber keine Scham, streckte sich plötzlich auf dem Kanapee aus, die Beine viel zu entblößt, den Kopf so weit zurückgeworfen, dass im Ausschnitt ihre Brüste sichtbar wurden, wie zwei Eiskugeln mit Cocktailkirschen. Er geriet sofort in Panik, weil er glaubte, sich durch seine ausbleibende Reaktion lächerlich zu machen, während Marta wenigstens eine Bemerkung zu erwarten schien, wenn auch nur, um ihn dann wieder ankeifen zu können und sich dabei seltsam zornig aufzurichten. Jedes Aufblitzen seines Verlangens überspielte Carlos María mit striktem Pflichtbewusstsein. Ihre Blutsverwandtschaft war in seiner Vorstellung die Aquariumsscheibe, die den Betrachter von der Meerjungfrau trennt, ihn von vornherein in Sicherheit wiegt und jede Begierde abprallen lässt. Aber Marta war zum Greifen nah, und dennoch glaubte er manchmal, sie stelle ihn nur auf die Probe mit einem

su turno una telaraña invisible donde acabaría por pegarse, muñeco desesperado. Recordaba los juegos de infancia, la separación al borde del cañaveral de la fuente, sancionadas ya las reglas de la guerra; la doble organización de las emboscadas, las traiciones, los lazos. En la tranquilidad del taller de Marta, tirados en los sillones y hablando de una exposición de Antonio Berni, eran quizá de nuevo los chicos salvajes y semidesnudos que se hostigaban callados entre las cañas, sudorosos bajo el sol de las tres, los grillos, las langostas. De nuevo los gatos, y un poco como si el ovillo para los zarpazos se llamara más y más Rolando Yepes.

A esa altura de las cosas, Carlos María estaba seguro de que si Marta no hubiera sido su hermana, él la habría disputado abiertamente a Rolando, hasta tirarlo de la casa como a una cáscara de naranja. No se le ocurrió pensar que pudo haberlo hecho antes de conocer la carta, que entonces se retenía en un sordo sentimiento de animosidad donde Rolando no parecía tener más relieve que Marta. Iba poco lejos en sus análisis, el alma ejercita esos botiquines llenos de colodio y gasas antes de que la sangre

unsichtbaren Spinnennetz, in dem er wie eine verzweifelte Marionette zappeln sollte. Er erinnerte sich an die Kinderspiele, an das Schilfrohr bei dem alten Tümpel, wo sie sich gestritten und die alten Regeln ihres Kriegsspiels längst begraben hatten; die Doppeldeutigkeit der Hinterhalte, die Betrügereien, die Lassos. In die Sessel gefläzt und ins Gespräch über eine Ausstellung von Antonio Berni vertieft, waren sie in Martas stillem Atelier vielleicht wieder halbnackte, verwilderte Kinder, die sich verschwitzt in der Nachmittagssonne zwischen den Schilfrohren jagten, überall Grillen und Heuschrecken. Wieder wie die Katzen, und ein bisschen so, als hieße das Wollknäuel für die Tatzenhiebe jetzt Rolando Yepes.

Nach allem, was passiert war, war sich Carlos María über einen Punkt im Klaren: Wäre Marta nicht seine Schwester gewesen, hätte er sie Rolando ganz offen streitig gemacht, wäre sogar so weit gegangen, ihn rauszuwerfen, kurz und schmerzlos. Ihm kam nicht in den Sinn, dass er das ja hätte tun können, bevor er den Brief gefunden hatte, als er noch in einem dumpfen Groll gefangen war, der Rolando genauso galt wie Marta. In seinen Analysen kam er nicht gerade weit, die gekränkte Seele pflegt vorsorglich Arzneikästchen zusammenzustellen, gefüllt mit Kollodium und Pflastern für die Erste Hilfe, bevor das

salga de las heridas como quejas entrecortadas, pedazos de verdad y mentira revueltas y bullentes. Y otra vez organizaba su situación moral (porque la llamaba así: situación moral) en base a las interdicciones de su secreto conocimiento. Imposible combatir ahora con las armas que Rolando estaba usando. Imposible quitarle a Marta con un beso más duro y una caricia más apoyada. Entonces quedaba la alternativa del renunciamiento total (al que volvía para alejarse enseguida, apenas escuchaba el diálogo naciendo en el taller o en el jardín), o el combate disimulado por la reconquista fraternal de una Marta silenciosa, distante, distinta.

Entraba en la sala del piano cuando vio a Rolando separarse de Marta con un gesto de serpiente que echa atrás el cuerpo. Las huellas del beso eran el aire sorprendido e incierto de Marta —de rodillas en el diván azul, de manera que Rolando había tenido que inclinarse apoyándole las manos en los hombros y besarla sin un abrazo, sin esa continuación, ese árbol del beso en los dedos y los brazos. No sería la primera vez, Carlos María lo pensó mientras entraba mirándolos oscuramente,

Blut in Form von erstickten Wehklagen und durcheinanderwirbelnden Fetzen von Lüge und Wahrheit durch die aufgerissenen Wunden hervorquillt. Und aufs Neue ordnete er seine moralischen Umstände (denn so nannte er sie: seine moralischen Umstände) den Normen unter, die ihm sein geheimes Wissen diktierte. Unmöglich, jetzt noch mit Rolandos Waffen zu kämpfen. Unmöglich, ihm Marta mit einem innigeren Kuss, mit einer besitzergreifenderen Umarmung zu entreißen. Also blieb nur die Alternative der absoluten Entsagung (die er jedes Mal sofort wieder verwarf, wenn er die Gespräche hörte, die sich zwischen den beiden im Atelier oder im Garten entspannen), oder der getarnte Kampf, um als Bruder diese stille, unnahbare, andere Marta zurückzuerobern.

Als er einmal ins Klavierzimmer platzte, sah er, wie Rolando sich mit der Bewegung einer sich aufrichtenden Schlange von Marta löste. Martas überraschter und unsicherer Gesichtsausdruck verriet den Kuss – sie hatte auf dem blauen Diwan gekniet und Rolando sich also zu ihr herunterbeugen müssen, die Hände auf ihre Schultern gestützt, und er hatte sie geküsst, ohne sie in die Arme zu schließen, ohne diese Baumgestalt, diese Verästelung des Kusses bis in die Arme und Finger. Es war wohl nicht das erste Mal, dachte Carlos María, während er sie beide finster anstarrte, und diese Gewissheit

pero la certidumbre del beso alteraba de pronto los valores como un puñetazo destruye las sensaciones habituales y ya inadvertidas, crea en su horrible instante un tumulto insoportable de dolores, olores, gustos, estrellas y náusea, una marea que irrumpe como un enjambre furioso contra un parabrisas. Miraba a Rolando sin intención de decir nada, ni siquiera de mirarlo, y Rolando se apartó hasta la mesa donde estaba su pipa exhalando un humo débil, lo miró a su vez con una ansiedad de recobrarse y no dar a la cosa una importancia inútil.

—De manera que no pierden el tiempo —dijo Carlos María—. No me parece bien que vos hagás esto. Si venís a casa, portate como un caballero.

—Lee demasiado a Dumas —dijo Marta, tendida ahora en el diván y mirándolo burlona—. Eso de caballero es de una idiotez que sólo a vos ...

—Se lo dije a él, callate la boca.

—¿Por qué te enojás, pibe? —intervino Rolando con toda calma—. No sos ciego, me parece, para ver que esto iba en serio desde hace mucho.

brachte ihn vollends durcheinander, so, als hätte ein Fausthieb die gewohnten, unbewussten Wahrnehmungen jäh beendet und im schrecklichen Moment des Auftreffens einen unerträglichen Tumult von Schmerz, Gerüchen, Geschmack, Sternen und Übelkeit hervorgerufen, als prasselte ein wütender Bienenschwarm gegen eine Windschutzscheibe. Er starrte Rolando unverändert an, ohne etwas sagen zu wollen, nicht einmal anstarren wollte er ihn. Rolando zog sich bis an den Tisch zurück, wo seine Pfeife schwach vor sich hin qualmte. Er schaute beklommen zurück und riss sich zusammen, als mäße er der Sache keine größere Bedeutung bei.

»Ihr habt wohl keine Zeit zu verlieren«, sagte Carlos María abfällig, »das kannst du nicht machen. Wenn du allein mit ihr im Haus bist, benimm dich gefälligst anständig.«

»Der liest zu viel Dumas«, sagte Marta, die sich jetzt auf dem Diwan ausgestreckt hatte und ihn spöttisch anschaute. »Das mit dem Anstand ist ein Unsinn, den höchstens du ...«

»Das war für ihn gemeint, du halt den Mund.«

»Mann, warum regst du dich so auf?«, unterbrach Rolando seelenruhig. »So blind kannst du doch nicht sein, nicht zu merken, dass es zwischen uns schon länger ernst ist.«

Y sin darle tiempo a la réplica, a una de las muchas que se confundían y pugnaban:

—Además no es cosa tuya, si vamos al caso. Ya voy a hablar con tu padre.

Carlos María estaba entre tirársele a pegarle o irse de la casa, vertiginosamente consultaba la doble salida, y los ojos de Rolando seguían amigables pero definidos en los suyos, como fuera del tiempo, en una detención instantánea donde nada se resolvía, donde la voluntad era inane y blanda, trapo mojado resbalándole por las piernas. Entonces sintió la mano de Marta en su brazo, la caricia menuda. Los dos lo miraban como a un chico, condescendientes y dándole su oportunidad de borrar el mal momento. Los ojos de Carlos María bajaron antes que los de Rolando; su mirada recorrió el cuerpo de Rolando, de arriba abajo como el chorro de la manguera contra la hiedra del paredón, resonando sordamente. No miraba a Marta, sentía su mano caliente sobre la camisa. Se dio vuelta y corrió.

Había dudado a último momento, pero llegó ante don Elías y le puso por delante la carta

Und ohne ihm Zeit zu lassen, sich für eine der vielen Antworten, die ihm durch den Kopf wirbelten, zu entscheiden, fügte Rolando hinzu:

»Außerdem geht es dich nichts an. Ich habe sowieso vor, mit deinem Vater zu sprechen.«

Carlos María wusste nicht, ob er sich augenblicklich auf ihn werfen sollte, um ihn zu verprügeln, oder ob er besser gleich von zu Hause abhauen sollte. Ihm schwindelte angesichts dieser Entscheidung, und Rolando blickte ihm immer noch starr in die Augen, freundschaftlich, aber entschlossen, als rückte der Zeiger nicht voran, ein Bann, in dem es zu keiner Entscheidung kommen konnte, in der sein Wille weich und kraftlos wurde, wie flüssiges Wachs, das langsam zu Boden tropft. Dann spürte er Martas Hand auf seinem Arm, sie streichelte ihn sanft. Die beiden schauten ihn an wie einen kleinen Jungen, nachgiebig und bereit, ihm seine Laune zu verzeihen. Carlos Marías Augen hielten Rolandos Blick nicht länger stand; er schaute auf Rolandos Körper, still, von oben nach unten, wie das Wasser aus der Bewässerung, das leise am Efeu der Hauswand hinuntertröpfelt. Er mied Martas Blick, spürte nur ihre warme Hand auf dem Hemd. Dann drehte er sich um und rannte davon.

Bis zuletzt hatte er gezweifelt, aber dann lief er doch zu Don Elías und konfrontierte ihn mit dem Brief,

mientras se preguntaba qué relación podía haber entre su gesto y lo que acababa de pasar. Pero lo hizo como si algo le dijera que estaba bien, que convenía liquidar todo asunto pendiente antes de que empezara una nueva etapa; la destrucción de papeles y fotografías la víspera de una operación. Sufría poco, la angustia era más intensa que cualquier dolor, sentía necesidad de emprenderla contra algo; si ese algo hubiera sido Rolando, se habría tirado contra él. Pero no era, y tampoco Marta, tal vez ambos juntos, la entidad que abominaba en ellos desde el momento de su beso.

Don Elías miró la carta con minucia, chasqueó la lengua y dijo algo sobre la curiosidad mal encaminada.

—Nadie te dio permiso para que andés revolviendo mis papeles. ¿Dónde encontraste esto?

Al contestarle, pálido de rabia, Carlos María guardaba la actitud siempre teatral del que pide explicaciones un escalón más arriba del abrumado interlocutor, envuelto en la grandeza del acusador público. Pero don Elías lo empujó hasta un sillón cercano al suyo.

—¡Qué pavadas se te habrán metido en la cabeza!

—Marta es tu hija —acusó él, jadeando un poco, muerto de miedo y lástima.

während er sich noch fragte, welchen Zusammenhang es gab zwischen diesem Impuls und dem, was gerade passiert war. Aber irgendetwas sagte ihm, dass es richtig, ja, dass es notwendig sei, alle offenen Fragen zu klären, bevor ein neuer Abschnitt beginnen konnte; wie das Zerreißen von Papieren und Fotografien am Vorabend einer gefährlichen Operation. Er spürte fast keinen Schmerz, viel stärker war die Beklemmung, er musste sie irgendwie abschütteln; wenn er Rolando in die Finger bekommen hätte, hätte er sich auf ihn gestürzt. Aber das Problem war nicht Rolando und auch nicht Marta, vielleicht beide zusammen, diese verfluchte Einheit, die sie seit dem Kuss bildeten.

Don Elías betrachtete den Brief eingehend, schnalzte mit der Zunge und sprach von fehlgeleiteter Neugierde.

»Niemand hat dir erlaubt, in meinen Sachen herumzustöbern. Wo hast du das hier gefunden?«

Carlos María war blass vor Wut. Voller Theatralik spielte er den öffentlichen Ankläger und wollte von oben herab Erklärungen seines in die Enge getriebenen Gesprächspartners einfordern. Aber Don Elías schob ihn in einen Sessel neben sich.

»Wie kommst du nur auf so einen Unsinn, Kind!«

»Marta ist deine Tochter«, warf Carlos María ihm vor, keuchend und halbtot vor Angst und Verzweiflung.

—No seas papanatas, parece mentira que tengas la edad que tenés para venirme con esas comedias. ¿Cómo pensás que te hubiera dejado crecer en semejante error? Para qué, decime.

—La carta es de tu puño y letra.

—La carta dice que Marta es Hilaire, y eso sí que va a ser la única novedad para vos. Te lo hubiera hecho saber cuando cumplieras los dieciocho, pero ya que estás así ... Es tu prima, zonzo, solamente que es hija de Luis Miguel.

—No es cierto —murmuró Carlos María, empezando a entender que era cierto—. Me estás engañando de nuevo.

—Te debería cruzar la cara de un revés —cortó don Elías sin demasiado enojo—. Ahí está tu madre cosiendo en el dormitorio; andá a decirle de mi parte que te abra los ojos. Te lo va a contar mejor que yo, andá y dejame trabajar en paz. No volvás hasta que te haya bajado la cresta.

Un botón aquí, los pespuntes ... Sí, era la hija de Luis Miguel Hilaire y una muchacha muerta en el parto. La carta de don Elías ("alcanzame la caja de las agujas, no te quedés como alelado") se dirigía a una parienta que dio en

»Sei doch nicht so ein Esel, nicht zu fassen, dass du mir in deinem Alter mit solchen Dummheiten daherkommst. Wie kommst du darauf, dass ich dich mit so einer Lüge hätte aufwachsen lassen? Wozu? Sag's mir.«

»Der Brief ist von dir, eindeutig.«

»Im Brief steht, dass Marta eine Hilaire ist, und das ist auch das einzig Neue für dich. Ich hätte es dir zu deinem Achtzehnten erzählt, aber wo wir gerade schon dabei sind ... Sie ist wirklich deine Cousine, Dummkopf, sie ist nämlich die Tochter von Luis Miguel.«

»Das stimmt nicht«, grummelte Carlos María, während ihm langsam dämmerte, dass es doch stimmte. »Du lügst mich schon wieder an.«

»Ich sollte dir eine runterhauen«, schnitt ihm Don Elías das Wort ab, ohne sich besonders aufzuregen. »Deine Mutter ist drüben im Schlafzimmer und näht. Geh rüber und richte ihr von mir aus, sie soll dir die Augen öffnen. Sie kann es dir besser erzählen als ich, los, und lass mich jetzt in Ruhe arbeiten. Und komm bloß nicht wieder, bevor du dich beruhigt hast.«

Hier ein Knopf, da eine Steppnaht ... Also doch, sie war die Tochter von Luis Miguel Hilaire und einer jungen Frau, die bei der Geburt gestorben war. Don Elías' Brief (»Reich mir mal das Kästchen mit den Nadeln, sitz nicht so unnütz herum!«) sei an eine Verwandte gerichtet gewesen,

el clavo y se alzaba en nombre de los mandatos de la Iglesia. Fue fácil arreglar la cuestión del apellido, don Elías era influyente por entonces y había necesidad de cubrir a Luis Miguel, candidato a senador por Buenos Aires.

—Mi pobre hermana, Dios la tenga en su gloria, aceptó pasar por madre de Marta delante de la gente, y cuando se la llevó la gripe nosotros seguimos con la mentira piadosa, máxime que Rosales había aceptado que le pusieran el apellido, y el pobre se murió al poco tiempo ... Te diré que todos los parientes cercanos conocen la verdad y han estado siempre de acuerdo; ya ves que al final Elías ni siquiera mandó esa carta. Y uno de estos días lo hubieran sabido ustedes ... Íbamos dejando pasar, esas cosas son tan penosas.

Se enredaba en las explicaciones, mezclándolas con los hilos y los dobladillos, pero ya Carlos María no la escuchaba. Marta es Hilaire ... Y de nuevo su prima; Hilaire, pero su prima. Con todos los derechos recobrados, su largo sacrificio inútil, otra vez solo y desnudo a la par de Rolando. Ahora (y fue saliendo del dormitorio con sigilosa lentitud) podía ganarle a Marta, besarla después de su beso.

die alles durchschaut und sich im Namen der Kirche empört hatte. Die Frage des Nachnamens sei Mama Hilaires Worten zufolge unkompliziert geregelt worden, Don Elías habe damals genügend Einfluss gehabt und es sei wichtig gewesen, Luis Miguel zu schützen, der für den Senatorenposten von Buenos Aires kandidierte.

»Meine arme Schwester, Gott habe sie selig, war einverstanden, sich vor aller Welt als ihre Mutter auszugeben, und als die Grippe sie von uns nahm, hielten wir die gutgemeinte Lüge aufrecht, schon weil Rosales dem Mädchen seinen Nachnamen gegeben hatte und der Arme kurz darauf ebenfalls starb ... Ich verspreche dir, alle nahen Verwandten kennen die Wahrheit, und sie waren immer auf unserer Seite; wie du siehst, hat Elías diesen Brief nicht einmal abgeschickt. Früher oder später hätten wir es euch auch erzählt ... Wir wollten Zeit verstreichen lassen, diese Dinge sind so schmerzlich.«

Ihre Erklärungen schienen plausibel und so einfach, dass sie dabei Garn in die Nadel einfädelte und den Stoff umsäumte, aber Carlos María verlor die Geduld. Marta eine Hilaire ... Und dennoch wieder seine Cousine; eine Hilaire, aber doch seine Cousine. Auf einmal war er wieder im Recht, seine lange Aufopferung war vergeblich gewesen, wieder war er allein und vor Rolando bloßgestellt. Jetzt (und er verließ das Schlafzimmer bedächtig langsam) konnte er ihm Marta wegnehmen, sie

Decir que todas esas semanas había estado sacrificándose, repetía lo del sacrificio para convencerse. Porque Marta era Hilaire. La libertad lo anegaba al fin como un extravío, la pérdida de todo asidero; se aferró al pasamanos para asegurarse que estaba bajando. Oyó reír en la sala del piano, después un acorde, Rolando picando el principio de una rumba. La puerta estaba entornada, y él tenía derecho a abrirla de par en par, ir al encuentro de Rolando y Marta, decir simplemente: "Soy yo, vengo a quedarme".

Recordó que no había pedido disculpas a don Elías; pero ya estaba echándose atrás cuando lo recordó.

Esto pasaba un lunes, y el martes por la tarde Marta vio entrar a Carlos María con un atado de cigarrillos de la marca que a ella le gustaban. No era todavía la hora de Rolando, de manera que él fue a tenderse en el sofá con las piernas estiradas, dueño del taller en donde Marta retocaba una naturaleza muerta con azules y amarillos. La noche anterior, cuando se reunieron a cenar (sin Rolando), Carlos María esperó que sus padres continuaran las revelaciones de

nach Rolandos Kuss ebenfalls küssen. Ihr sagen, dass er sich all die Wochen aufgeopfert hatte, das Besondere mit der Aufopferung wiederholte er immer wieder, um sich selbst davon zu überzeugen. Denn Marta war tatsächlich eine Hilaire. Diese neue Freiheit ließ ihn taumeln, allen Halt verlieren; er klammerte sich am Handlauf fest, um mitzuzählen, dass er die Stufen nach unten lief. Munteres Lachen drang aus dem Klavierzimmer nach oben, danach ein Akkord, Rolando klimperte den Anfang einer Rumba. Die Tür war angelehnt, er hatte alles Recht, sie ganz zu öffnen, die Zweisamkeit von Marta und Rolando zu stören und zu sagen: »Hier bin ich, und ich bleibe.«

Ihm fiel ein, dass er Don Elías nicht um Verzeihung gebeten hatte; aber im selben Moment spürte er, dass er dazu nicht in der Lage war.

Das alles war an einem Montag passiert, am Dienstagnachmittag sah Marta Carlos María mit einer Schachtel ihrer Lieblingszigaretten hereinkommen. Es war noch Zeit bis zu Rolandos Eintreffen, und Carlos María konnte sich auf dem Sofa ausstrecken, als alleiniger Herr über das Atelier, in dem Marta gerade ein Stillleben mit Blau- und Gelbtönen überarbeitete. Am Abend vorher, als sich alle (ohne Rolando) zum Essen versammelten, hatte Carlos María damit gerechnet, dass seine Eltern auf die Enthüllungen vom Nachmittag zurückkommen würden,

la tarde para dejar aclarado el asunto ante Marta. Tal vez ellos aguardaban lo mismo de él, y la cena pasó sin que casi se hablara.

—Ese zapallo parece una pelota de rugby.

—Antes de dibujarlo pensé un rato en vos. Siempre fuiste mi musa, y no es necesario que me quemes la funda del sofá.

—Dejá de trabajar un rato —dijo Carlos María—. Me gustaría hablar con vos, te veo tan poco ahora.

—Porque no te hacés ver.

—A veces llego cuando no debo, ya sé.

Los dos habían esperado ese punto para acercarse a la discusión necesaria. Marta le aceptó un cigarrillo y se vino junto a él, se sentó en el borde del sofá. Oyeron a mamá Hilaire preguntando si no habían visto sus ovillos de lana. El taller estaba claro, con una claridad sin límites ni matices, una luz ubicua que Marta obtenía a esa hora en torno a su caballete.

Fumaba meditativa, sin mirarlo. Carlos María alzó la mano ociosa con el ademán antiguo, que amenazaba siempre despeinarla, y la vio responder exactamente con un gesto de portadora de ánfora, o del persa en los subterráneos de la Ópera. Se rieron.

damit auch Marta Bescheid wisse. Vielleicht hatten sie das Gleiche von ihm erwartet, und so sagte während des gesamten Abendessens kaum jemand ein Wort.

»Der Kürbis da auf der Leinwand sieht aus wie ein Rugbyball.«

»Als ich ihn zu malen begann, hatte ich kurz an dich gedacht. Du hast mich schon immer inspiriert, und es ist übrigens nicht nötig, dass du mir den Sofabezug ankokelst.«

»Hör doch mal kurz auf zu malen«, sagte Carlos María. »Lass uns ein bisschen quatschen, wir sehen uns so wenig in letzter Zeit.«

»Weil du dich nicht blicken lässt.«

»Und wenn, dann im falschen Moment, ich weiß.«

Beide hatten auf diesen Augenblick gewartet, um den fälligen Streit anzuzetteln. Marta nahm eine Zigarette von ihm an und setzte sich zu ihm, auf die Sofakante. Mama Hilaires Stimme drang zu ihnen herein, ob nicht irgendjemand ihre Wollknäuel gesehen hätte. Das Atelier war um diese Tageszeit in ein blendendes, nuancenloses Gleißen getaucht, das Marta vor ihrer Staffelei umspielte.

In sich versunken, rauchte sie und schien ihn nicht zu beachten. Carlos María hob die Hand, die spielerisch mit der altbekannten Geste drohte, ihr das Haar zu zerzausen, und wie erhofft reagierte sie mit der Anmut einer Amphorenträgerin. Sie mussten lachen.

—Ayer estuviste odioso, no te lo perdonaré nunca.

—Lo que hice fue perder el tiempo, tampoco me lo voy a perdonar nunca.

—Yo te creía mi amigo —dijo ella innecesariamente, como para llenar un blanco con una pincelada cualquiera. Pensaba en lo que había sentido al verlo entrar con el rostro contraído, Rolando echándose atrás como un látigo, el diálogo instantáneo sin satisfacción, y después Carlos María dándose la vuelta y corriendo hacia fuera, trepando la escalera sin mirarlos, tal vez mordiéndose una mano como cuando chico, los dientes y las lágrimas mezclados en la piel de la mano. De todo lo ocurrido recordaba más la fuga de Carlos María que la delicia apagada del beso; se preguntó si él creería que era el primer beso de Rolando, y que no la había hecho feliz. Lo oyó murmurar confusamente algo, la cara nublada por el humo y el gesto amargo. Hizo a su vez el ademán de peinarle el mechón que le caía sobre un ojo, y él la dejó sin moverse, entregado al roce liviano de los dedos.

—No sé, me pareció horrible ver que estabas enamorada de él.

»Gestern warst du wirklich bescheuert, du Blödmann, das werd ich dir nie verzeihen.«

»Das war reine Zeitverschwendung, ich werd's mir auch nie verzeihen.«

»Ich dachte immer, du wärst mein Freund«, sagte sie unnötigerweise, wie um eine weiß gebliebene Stelle mit einem beliebigen Pinselstrich zu füllen. Sie dachte daran, was sie gefühlt hatte, als er mit verzerrtem Gesicht hereingekommen war und Rolando wie eine Peitsche zurückschnellte, an das kurze, peinliche Gespräch, und wie Carlos María sich dann umgedreht hatte und losgerannt war, wie er, ohne sich umzublicken, die Treppe hinunterstürzte, vielleicht hatte er sich, wie damals als Junge, dabei auf die Faust gebissen, wo tiefe Spuren zurückblieben, in denen sich Tränen sammelten. Viel deutlicher als die Wonne des Kusses hatte sie Carlos Marías Flucht vor Augen. Sie fragte sich, ob er ihr glauben würde, dass es der erste Kuss gewesen war und dass der Kuss sie nicht glücklich gemacht hatte. Dann hörte sie Carlos María vor sich hin murmeln und sah, wie er, die verbitterte Miene hinter dem Rauch verbergend, gestikulierte. Sie bewegte nun ihrerseits die Hand, um ihm eine Strähne aus dem Gesicht zu streichen, und er hielt still, gab sich der leichten Berührung ihrer Finger hin.

»Ich weiß auch nicht, ich fand's schrecklich zu sehen, dass du in ihn verliebt bist.«

—¿Por qué horrible, idiota? ¿Y qué comprobación es ésa ... besarse?

—No sé, nunca lo había visto besándote. No porque vos estuvieras ahí, besándolo, sabés. Fue al ver que él te besaba, lo vi tan claro inclinándose sobre vos para besarte.

—Rolando me quiere, ya oíste que te lo decía y bien claro. Si uno quiere a alguien, alguna vez tiene que besarlo. Yo le contesté el beso porque un beso no debe malgastarse, sabés, y porque si se cierra los ojos ...

Las manos duras de Carlos María se le clavaron en los hombros. Lo sintió temblar, un final del temblor agolpándose en sus dedos, vibrándole en la carne bajo la blusa. Se preguntó si él la inclinaría contra sí, oponiendo al gesto sometido de Rolando el tirón imperioso del que atrae y doblega; sintió aflojársele la cintura con una blanda aquiescencia, quedó apoyada apenas en los tendidos brazos de Carlos María, esperando que la doblara hacia él. Y cerró los ojos para verlo mejor, ahora que una mano se apoyaba en sus senos, estuvo ahí un instante y volvió al hombro, atrayéndola al fin violentamente. Le sintió el aliento, la humedad de los labios, la fuerza tremenda del beso.

»Wieso denn schrecklich? Und was hat das schon zu sagen ... nur ein Kuss, du Idiot.«

»Ich weiß nicht, ich hatte bisher noch nicht gesehen, wie er dich küsst. Es war nicht deinetwegen, nicht weil du ihn geküsst hast. Sondern zu sehen, wie er dich küsst, wie er sich über dich gebeugt hat, um dich zu küssen.«

»Rolando liebt mich, du hast es ja gehört. Und wenn jemand verliebt ist, muss er den anderen einfach irgendwann küssen. Ich hab den Kuss erwidert, weil man einen Kuss doch nicht einfach geschehen lassen kann, weißt du, und wenn man die Augen schließt ...«

Carlos Marías starke Hände krallten sich in ihre Schultern. Sie spürte, wie er zitterte, die Ausläufer des Bebens, die sich über seine Fingerspitzen durch die Bluse auf ihren Körper übertrugen. Marta fragte sich, ob er sie wohl mit einem Ruck an sich ziehen würde, nicht als Bittsteller wie Rolando, sondern als ein Eroberer. Sie spürte, wie ihre Taille in sanfter Zustimmung nachgab, gerade noch gehalten von Carlos Marías ausgestreckten Armen, und hoffte, er würde sie zu sich heranziehen. Als seine Hand einen Moment auf ihren Brüsten ruhte, schloss sie die Augen, um ihn besser sehen zu können, aber gleich wich die Hand zur Schulter zurück. Sie spürte seinen Atem, als er sie endlich heftig an sich riss und seine feuchten Lippen mit ungeheurer Wucht auf ihren Mund presste. Ganz durcheinander, immer noch ergeben in seinen

Trastornada, dándose todavía al abrazo, esperó sin respuesta la delicia del abandono, y ya algo en ella denunciaba el contacto queriendo hacerlo más insistente, arrastrar a Carlos María en la entrega; pero lo sentía distante, luchando tal vez por cercarla, incidir en la zona donde ella era por fin la cesión, luchando desesperado y vencido por un despojo que se quedaba en las manos, en los labios, en el calor horrible de dos caras que se han buscado y saben que eso de alguna manera no es el encuentro.

—Por qué ... por qué ... —El balbuceo de Marta llegó a Carlos María cuando lentamente se desgajaba del beso, ayudándola a incorporarse otra vez. Una sed fría y húmeda se le pegaba a las fauces, miraba a Marta de arriba abajo como previendo una explicación imposible, adelantándose a encontrar coartadas y disculpas. En aquel instante la había tenido por fin contra él, maravillado al darse cuenta de que era el vencedor, que Rolando estaba fuera y lejano y sin sentido, para inmediatamente ceder al asco de un beso sin delicia, de un beso más caliente y duro que los de antes pero otra vez y para siempre un beso de hermana, porque Marta era Hilaire, quería desmentir la

Armen, erwartete sie regungslos das Glück, sich völlig hinzugeben, und ihr war alles nicht genug. Etwas in ihr drängte nach mehr, sie wollte Carlos María in ihrer Hingabe mit sich reißen, aber er war wie abwesend. Er rang mit sich, wusste nicht, wie er sich ihr nähern sollte und ob sie sich ihm noch einmal so ergeben würde. Längst besiegt und verzweifelt kämpfte er mit sich um die letzten Berührungen, die sich schon von den Händen, von den Lippen lösten und in ihren Gesichtern verglühten, die endlich zueinandergefunden hatten und erkannten, dass es nicht die ersehnte Erfüllung ist.

»Wieso ... wieso ...«, stammelte Marta leise, als Carlos María sich langsam aus der Umarmung löste und ihr half, sich wieder aufzurichten. Ein kalter und rauchiger Durst kratzte in seiner Kehle, er musterte Marta von oben bis unten, als erwartete er bereits die hilflosen Erklärungsversuche, die Ausflüchte und Entschuldigungen. Für einen Moment hatte er sie endlich für sich gehabt, voller Erstaunen, dass er gesiegt hatte, dass Rolando ausgeschlossen und weit weg und bedeutungslos geworden war, nur um sich gleich darauf vor diesem verunglückten Kuss zu ekeln, einem glühenderen und heftigeren Kuss als früher, aber ein für alle Mal ein Kuss unter Geschwistern, denn Marta war eine Hilaire. Am liebsten hätte er jetzt Don Elías' Enthüllung abgestritten und sich darauf verstiegen, dass sie ihn belogen hatten, dass ihm dieser

revelación de don Elías y se empecinaba de golpe en creer que lo habían engañado, que ese contacto miserable le probaba la fraternidad más que cualquier carta o cualquier desmentido. Y algo espantoso —con la belleza detrás, llorando—, medir de golpe la dirección de sus celos, la larga falsedad de su renunciamiento, la inconsistencia de Marta antes y ahora, Marta Rosales, Marta Hilaire, nada más que Marta y él desesperadamente libre contra ella, más lejos y alto, trapo agitándose en un viento negro por encima de Marta que ahora se había puesto a llorar, oculto el rostro, dejando salirse unas lágrimas y un hipo entre los dedos apretados.

Tuvo coraje, antes de irse dejó unas líneas a don Elías:

No te echo la culpa de nada, alcanzo a darme cuenta de que hay tanta mentira en mí que me llevaría años desenredar la madeja en que estoy convertido por dentro. Creo que me hiciste un daño al criarme al lado de ella, después me parece que no, que eso ocurre en todas las familias y que no tienes la culpa de que yo esté loco. Todo el día he estado

elendige Vorfall ihre Verwandtschaft deutlicher bewies als jeder Brief und jede Verleugnung. Das Furchtbare war eingetreten – und dahinter verschwamm, in Tränen aufgelöst, die Schönheit des Augenblicks; ihm wurden plötzlich die Irrwege seiner Eifersucht bewusst, die maßlose Heuchelei seiner Entsagung, die Sprunghaftigkeit der Marta von früher und der von heute, Marta Rosales, Marta Hilaire, einfach nur Marta, und er war endlich frei von ihr, aber verzweifelt, unerreichbar weit weg und weit oben, wie ein Fetzen Stoff, der hoch über Marta unter schwarzen Wolken flatterte, Marta, die jetzt angefangen hatte zu weinen, das Gesicht in den Händen verbarg, nur ein Schluchzen und ein paar spärliche Tränen drangen durch die Finger.

Bevor er fortging, bewies er den Mut, einige Zeilen an Don Elías zu schreiben:

Ich gebe Dir keine Schuld, aber ich verstehe langsam, dass ich mich in Lügen verstrickt habe und es Jahre dauern würde, das Knäuel in meinem Innern zu entwirren. Ich glaube, es hat mir geschadet, dass Du mich an ihrer Seite hast aufwachsen lassen, und im nächsten Moment glaube ich das Gegenteil, weil so was in allen Familien passiert und Du nicht daran schuld bist, dass ich daran zerbrochen bin. Den ganzen Tag ging mir nicht aus dem Sinn,

pensando que mamá y tú me engañaron de nuevo, que Marta es tu hija. Pero mira, papá, también esta acusación te la tiro para que no me dé en la cara, porque así me salvo a ratos de sospechar que es una defensa, una excusa, una conformidad moral. Vaya uno a saber la verdad, a lo mejor no era a ella a quien quería, mejor dejar todo como está y cortar de una vez las explicaciones. Acabo de vender mi máquina de escribir, casi todos los trajes y los libros. Al principio pensé en matarme (tú dirás por qué, me doy cuenta de que no te explico nada, pero es eso, yo mismo no entiendo, y esto también es mentira). Pensé en matarme, pero uno al final nunca se mata, todavía no sé qué voy a hacer. Junté quinientos pesos, me alcanza para irme; por favor no vayas a hacer averiguaciones. Te juro que me mato si tratan de ponerme la mano encima. Díselo a mamá, que será la más deseosa de encontrarme. Prométele de mi parte que seré feliz, que ya tendrán noticias mías. No les muestres esta carta ni a ella ni a Rolando. A Rolando dile que le dejo dos cajas de cigarrillos rubios de su marca y unos libros que le gustaban.

dass Ihr weiter gelogen habt und dass Marta doch Deine Tochter ist. Aber weißt Du, Papa, auch diesen Vorwurf mache ich Dir nur, damit er nicht auf mich zurückfällt und mich davor bewahrt, Dir zu unterstellen, dass hinter ihm nichts anderes als bloße Verteidigung, Ausrede, moralische Angepasstheit steckt. Wer wird die wirkliche Wahrheit kennen, womöglich war ich gar nicht verliebt in sie, besser, wir belassen alles so, wie es ist, und verzichten ein für alle Mal auf Erklärungen. Meine Schreibmaschine habe ich verkauft, fast die ganze Kleidung und die Bücher. Zuerst hatte ich überlegt, mich umzubringen (Du wirst wissen, warum, schon wieder merke ich, dass ich Dir gar nichts erkläre, aber so ist es, ich verstehe es selber nicht, und auch das ist eine Lüge). Ich hatte überlegt, mich umzubringen, aber letztendlich macht man es ja doch nie. Ich weiß noch nicht, was ich tun werde. Ich habe fünfhundert Pesos zusammenbekommen, das reicht fürs Erste; bitte stelle keine Nachforschungen an. Ich schwöre Dir, ich bringe mich um, wenn Ihr mich mit Gewalt zurückholen wollt. Sag das auch Mama, die am meisten darauf drängen wird, mich zu finden. Versprich ihr von mir, dass ich glücklich sein werde, dass ich von mir hören lasse. Aber zeige bitte den Brief weder ihr noch Rolando. Richte Rolando von mir aus, dass ich ihm zwei Schachteln Zigaretten seiner Marke dalasse, und ein paar Bücher, die er mag.

Más tarde tuvieron noticias indirectas. Alguien creyó haber visto a Carlos María en el puerto, andando con marineros. Don Elías fue con un comisario amigo y averiguaron en todas partes. Esa noche había salido un carguero noruego; el capitán contrató a un marinero y dos grumetes argentinos, uno de los grumetes se parecía a Carlos María Hilaire. Un estanciero de Córdoba les escribió al poco tiempo que había visto pasar un camión con chapa de Santiago del Estero manejado por un muchacho que le recordó a Carlos María. La primera postal tenía sello de Tarija y llegó tres meses después; la segunda era de Nueva Orleans, para fin de año. Siempre estaba bien. Siempre muy contento. Siempre muchos cariños.

Enero de 1948

Später hörten sie über Umwege von ihm. Jemand wollte Carlos María am Hafen zusammen mit Matrosen gesehen haben. Don Elías und ein befreundeter Kommissar machten sich auf den Weg und fragten überall nach. An diesem Abend war ein norwegischer Frachter ausgelaufen; der Kapitän hatte einen Matrosen und zwei argentinische Schiffsjungen angeheuert, einer der Schiffsjungen glich Carlos María Hilaire. Der Besitzer einer Estancia in Córdoba schrieb ihnen nach einiger Zeit, dass er einen Lastwagen mit Kennzeichen aus Santiago de Estero hatte vorbeifahren sehen, am Steuer ein Junge, der ihn an Carlos María erinnert hatte. Die erste Postkarte trug einen Stempel aus Tarija und kam drei Monate später an; die zweite war aus New Orleans, zum Jahresende. Immer ging es ihm gut. Immer war er glücklich. Immer alles Liebe.

Januar 1948

Los gatos – Ein Nachwort

Als 2009 die »Papeles inesperados« von Julio Cortázar angekündigt wurden, war das eine Sensation. Nicht etwa »Werke« oder »Dichtungen«, nicht »Miszellaneen« oder »Nachlässe«, nein, simpel: »Papiere«, unerwartete. Mit diesem Titel steigerte der Fund »prall gefüllter und deshalb kaum zu öffnender Kisten« das Interesse an unveröffentlichten Manuskripten Julio Cortázars noch einmal, bevor diese überhaupt der Öffentlichkeit zugänglich waren. Der Abschluss der Herausgabe der vollständigen Werke, die Saúl Yurkievich gerade erst besorgt hatte, war demnach vorschnell gewesen.

Aber war der Fund wirklich unerwartet? Ganz offenbar. Von Koffern, Kisten, einem Papierberg ist zu lesen, von einem »Haufen Manuskripte auf dem Tisch, an dem Cortázar ›Rayuela‹ schrieb«, verlautbarte gar der Verlag. Das Feuilleton entsandte seine Korrespondenten, der *coup* war gelungen.

Es war durchaus zu erwarten, dass *etwas* kommt, jeder große Schriftsteller dürfte über einen entsprechenden Ablageplatz verfügen. Aber man muss ihn finden. In diesem Fall ist von einem Schrank die Rede, mal soll er

bei seiner Mutter gestanden haben, mal in Argentinien, mal in Paris.

Ein unerwartet umgestürztes Füllhorn also? Mitnichten. Bedenken wir, dass Cortázar während der Jahre, die diese Produktion umfassten, in verschiedenen Ländern lebte und die Manuskripte trotzdem den Weg in jenen Schrank fanden. Und ein Autor, der durch seinen Welterfolg »Rayuela« im Jahr 1963 so sehr berühmt für seine *ars combinatoria* wurde wie Julio Cortázar, dürfte gewusst haben, wie ungeduldig die Nachwelt auf seine unveröffentlichten Texte wartete, denn jene Texte, die Cortázar wirklich nicht veröffentlichen wollte, verbrannte er, wie man weiß. Dass Cortázar seine Manuskripte vollends vergessen haben könnte, darf man als Hypothese ausschließen. Dagegen spricht sein Testament, welches – so viel ist der Öffentlichkeit daraus bekannt – Aurora Bernárdez für das Legat freie Hand lässt. So geschah es mit den »Papeles inesperados«. Sie war es, die Carles Álvarez Garriga Weihnachten 2006 einlud, ein paar Papiere zu sichten, die sie unerwartet gefunden hatte.

Bei bedeutenden Werken verstehen sich Nachlässe als Aktivität des Autors und nicht als Passivität. Das berühmteste Legat der jüngeren Literatur dürfte immer noch jene sagenumwobene Truhe Fernando Pessoas sein – auch der Prolog von Carles Álvarez Garriga zu

»Papeles inesperados« versäumt nicht, daran zu erinnern. Die hohe Zahl dieser Manuskripte – es waren auf jeden Fall über 25 000 wirklich unerwartete Papiere – überblendet, dass diese Hinterlassenschaft Pessoas keinen Nachlass im klassischen Sinne darstellt, im Gegenteil, in jener Truhe befanden sich (auch) veröffentlichte Manuskripte, die Pessoa später zurückzog oder fort- oder umgeschrieben hatte. Einen anderen, nicht minder sagenumwobenen Nachlass besorgte der weithin unbekannte Omnipoet Joan Brossa, er hinterließ, so ist zu lesen, ca. 60 000 unveröffentlichte Manuskripte, die nun auf seine 120 zu Lebzeiten erschienenen Titel oben draufkommen. Er lebte praktisch in seinem Ablageplatz, einem Dachstudio im Zentrum Barcelonas, und von Jahr zu Jahr wuchsen die Manuskripte unter ihm zu einem ein Meter hohen Teppich, so dass man irgendwann ebenerdig aus dem Fenster der Mansarde klettern konnte.

Cortázar hatte zwei Legate, eines, das die literarische Welt wirklich von einer zweiten *Truhe* träumen ließ – dies ist Geschichte –, und jenen Schrank in Paris, der Carles Álvarez Garriga, Zeuge der Entdeckung und mit Aurora Bernárdez Herausgeber der »Papeles« bis zu romantischen Betrachtungen der Beziehung Brods zu Kafka abschweifen lässt, wohin man ihm nicht folgen muss. Niemand trug Cortázars Kiste nach Palästina, und zum Glück gab es dafür auch keinen Grund.

Gibt es neben den noblen Gründen, etwas zu hinterlassen, auch weniger noble? Die *ars combinatoria* ist mindestens eine so unfreiwillige wie kalkulierende Kunst, ein Fragment kann schließlich Berge versetzen; Hemingway war bekannt für seine Eskamotagen und virilen Prahlereien, und dennoch wird sein postum veröffentlichter Roman, »Der Garten Eden« (aus der Lektoratsschmiede seines Verlages), so problematisch diskutiert, als handelte es sich um das schockierende »Opus Pistorum« Henry Millers, der in dieser Hinsicht nicht einmal seinen Ruf zu verlieren hatte, nichts anderes hatte man von ihm als Hinterlassenschaft erwartet. Ganz anders Pessoa, der witzigerweise seine *erotica* als die einzigen zu Lebzeiten veröffentlichten *Bücher* bezeichnen durfte – auf Englisch, niemand hatte sie wahrgenommen.

Ezra Pound und Jorge Luis Borges lieferten ihren Lesern wiederum Varianten eines negativen Nachlasses, Pound schwieg, das enorme Scheitern seiner Cantos vor Augen. Es würde ganz sicher keinen »very last draft of cantos« geben. Er solle um Vergebung bitten, wurde bedrängt, zu widerrufen: »I have tried to write Paradise«, heißt es in Canto CXX, kein Fragment der Welt würde diesen Berg seiner Cantos noch versetzen. In den »Papeles« finden wir vorsichtige Versuche, den Berg »Rayuela« noch einmal umzuformen. Und Borges? Er verschwieg vehement seine so wenig ihm gleichenden Jugendwer-

ke, die ihm im hohen Alter zum ungewollten Nachlass wurden, fast wäre es ihm gelungen, sein Werk zu panschen, aber ausgerechnet eine der von ihm zeit seines Ruhmes auf sich zugeschnittenen Bibliotheken brachte den »verdammten Nachlass« zutage. Es gibt auch Nachlässe, die mit der Verzögerung rechnen, um von ihnen nicht belästigt zu werden; Wittgenstein zum Beispiel verfasste seine Kriegstagebücher in Geheimschrift; und manch einer machte aus seiner Ungeduld eine tragische Tugend und entschied sich zum Selbstmord, um der Welt den Wink auf einen Nachlass zu geben. Davon gibt es leider viel zu viele – wen die Götter lieben, den holen sie sich jung. Man könnte von einem »Vorlass« reden. Und manche Menschen werden erst in der letzten Nacht zu Schriftstellern und kratzen Zeichen an die Wände ihrer Todeszellen.

Viele dieser Motive, die auch nur einen Ausschnitt darstellen, sind in Cortázars »Papeles inesperados« zu finden. Jeder Teil dieses Nachlasses – ob nun bewusst zusammengetragen oder beiläufig abgelegt – offenbart etwas anderes und reicht im Extrem von erotischen Eskapaden, die nicht allein deshalb in den Giftschrank gehören, bis zu seriösen Fortschreibungen, die von der Philologie längst analysiert werden. Zum Beispiel der Text »*Cico,* Verona«, der eine deutlich markierte Ergänzung zur Erzählung »Die zwei Seiten der Medaille« darstellt.

Aber man kann das sicher nicht so eindeutig, wie es geschieht, als Ergänzung diskutieren, ohne auch nur im Ansatz zu erwägen, dass parallele Schreibprozesse existiert haben könnten, der Autor sich auf zwei Pfaden bewegte und in »Die zwei Seiten der Medaille« den Entschluss nicht fassen konnte, sich oder seinen Protagonisten in eine Liebesbeziehung zu einer lesbischen Frau zu stürzen.

Es sind selbstverständlich – das Sprachspiel muss unter Cortázar-Kennern erlaubt sein, denn als »Himmel und Hölle« erschien »Rayuela« auf Deutsch – viele Ansätze zwischen *Himmel und Hölle* des Autors in einem so facettierten Nachlass zu finden, der wirklich kein kohärentes Buch ist, sondern eher ein Lot, das man an unterschiedlich langen Schnüren in das Werk eintauchen lassen kann. Aber diese Möglichkeit müssen wir hier als Hinweis stehen lassen. Das vorliegende Format – eine übersetzerische Zusammenarbeit mit etwas ungleichen Voraussetzungen und zugleich ein Experiment – wäre auch ganz ungeeignet für ein *Periplus*.

Eine subtilere Andeutung, wie tief der Leser das Lot herablassen kann, verschafft ihm eingangs das Motto: »Cuando acerco mis labios a esa música incierta ... wenn ich meine Lippen auf diese nicht geschmeckte Musik drücke«, heißt es in Vicente Aleixandres Lieddichtung »A ti, viva«, die 1935 erschien, und der nächste Vers berichtet vom ewig jugendlichen Aufgewühltsein, denn *diese* nicht

gekostete Musik, das ist die sinnliche Anbetung einer Geliebten aus der ersten Strophe dieses bekannten Gedichts. Und mag uns das gegebene Format noch so kurz sein und müssen wir uns auf eine subjektive Literatursicht beschränken, wir empfehlen jedem Leser, der nach der Lektüre der »Katzen« ein ähnliches Summen hört, Vicente Aleixandres »La destrucción o el amor« zu lesen.

Um noch einmal auf »*Ciao,* Verona« aus dem Jahr 1977 zurückzukommen: Cortázar ging 1978 auf diesen parallelen Pfad seiner Erzählung »Die zwei Seiten der Medaille« in einem Brief an Jaime Alazraki ein, und einer der Texte in den »Papeles« trägt sogar den Titel »Ein gestrichenes Kapitel aus Rayuela« und legt keine mehr zu verleugnende Spur. Der oben erwähnte »Haufen Manuskripte auf dem Tisch« wird ganz sicher von emsigen Feuilletonisten und Spezialisten abgetragen werden, die wussten, wo sie zu suchen hatten oder wonach. Wie sehr sie Berge versetzen, werden in Cortázars Werk die Lesenden entscheiden; sie halten die Schnüre mit dem Lot in der Hand.

Die novelleske Erzählung »Die Katzen«, für die wir uns aus den »Papeles« entschieden haben, ist nie zuvor erschienen und auch nicht erwähnt worden. Sie ist von Cortázar datiert auf den Januar 1948 und hätte ohne Weiteres zu seinen Lebzeiten Eingang in ein veröffentlichtes Werk finden können – aus heutiger Sicht wäre

sie eine von vielen. Aber heute, postum, entdeckten wir mit ihr eine Rarität. Ein in gewisser Hinsicht unfertiger Text, der so voller Tücken ist, dass er sich bei genauer Betrachtung – und niemand schaut genauer als der Übersetzer oder die Übersetzerin in einen Text – wie eine Diaphanie liest, die es erlaubt, durch die Worte hindurch tiefer zu schauen. Das ist gar nicht so leicht zu erklären, denn genau dieses Ungreifbare der, wie man heute sagt, Familienaufstellung um die Protagonisten Carlos María und Marta zog den Vorhang zur Seite. Wir – die Übersetzer – haben das sehr deutlich zu spüren bekommen, weil etwas Ungreifbares im heutigen Literaturbetrieb selektiert wird, es wird als Schwäche eines (hier übersetzten) Textes stigmatisiert und nicht als geheime Inschrift des Autors gelesen, die ihn an sich manifestiert. Der offene Charakter des Textes, das Selbstexperiment des Autors, vermutlich würde schon eines von beiden in heutigen Verlagsüberlegungen für die Erzählung das Aus bedeutet haben. Nicht einmal, stilistische Mittel retrospektiv zu behaupten, wäre möglich, wie dasjenige, als Autor in alle Figuren zu schlüpfen. Man kennt das zwar seit Ernesto Sábato, der oft selbst sein Gegenüber war und dem es gelang, sich zu analysieren und gleichzeitig von sich abzulenken, man hat es bei Pessoa kanonisiert, aber man hat offenbar nicht verstanden, dass auch durch Faust und Mephistopheles Goethe spricht und durch Don Quijote

und Sancho Panza trickreich ein gewisser Cervantes alias Alonso Quijano.

Cortázars »Katzen« sind keine Narration um Kindheit und aufkeimende Sexualität allein, sondern lassen Cortázars Obsessionen durchscheinen, die vor familiären Zuordnungen nicht haltmachen; ihre unausgesprochenen Tiefsichtigkeiten erweisen sich als spannenderes Motiv als alles Ausgesprochene, und Cortázar klagte in seinem Brief an Jaime Alazraki über diese Anstrengung, »als Anderer schreiben« zu müssen. Doch in diesen Zustand der Verwandlung muss man erst einmal kommen. 1948 war das offenbar für Cortázar äußerst bedenkenswert, und das bringt uns noch einmal zu Cortázars Problem mit der Erzählung »*Ciao,* Verona« aus den »Papeles« zurück und zu der Frage, ob man sich als Autor durch seinen Protagonisten in ein Mädchen verlieben darf, welches die (reale) Schwester ist. Und alle vermeintlich inkohärenten Informationen über die Blutsverwandtschaft in den »Katzen« sind tief gelesen Enthüllungen, und die textuelle Ebene wird zur Zustandsbeschreibung des Autors im Angesicht seiner Intention: wenn nicht sogleich Diaphanie, dann wenigstens Duotypie – man kennt das von Wechselbildpostkarten. In dieser Intention war die familiäre Ordnung zu zersprengen, der Obsession nachzugeben, Cortázar zu werden. Eine wunderbare, galante, filmische Erzählung wurde daraus, und was sie unserer

Meinung nach zur Novelle adelt, verbirgt sich in den Sätzen, durch die Cortázar in seine Protagonisten eindrang und in denen er sie seinen Konflikt auskämpfen ließ.

Dies ist, neben der Erzählung an sich, das Motiv, welches uns Übersetzer für »Die Katzen« votieren ließ. Eingangs beabsichtigten wir eine größere Auswahl aus den »Papeles«, aber die Agenda hätte sich als eine Büchse der Pandora erwiesen, denn schon der Einstieg in die Texte offenbarte, dass sie konfuser und experimenteller, unvollendeter wirken könnten, wenn sie ohne ihre Resonanzen in den veröffentlichten Werken Cortázars dastehen würden. Der so schöne und codierte Text »Die Katzen« bot sich uns aber an, verlockte uns und wurde so zur Grundlage des tätigen Austauschs eines erfahreneren Übersetzers mit einer jüngeren Kollegin. Diese Arbeit und die daraus entwickelten Erkenntnisse könnten einen eigenen Bericht verlangen, eine Textform, die aber nicht hierhergehört neben diese bedeutende Erzählung aus dem Fundus der Weltliteratur.

Frank Henseleit und Henriette Terpe

Übersetzungsförderung der Kunststiftung NRW

Der Kunst des Übersetzens widmet die Kunststiftung NRW seit Jahren besondere Aufmerksamkeit. Aus der Überzeugung, dass nur gelungene Übersetzungen literarischer Texte die Begegnung mit Weltliteratur, die Einfühlung in das Fremde und einen internationalen Kulturtransfer ermöglichen, hat die Kunststiftung ihr Engagement für literarische Übersetzerinnen und Übersetzer in den letzten Jahren verstärkt. Sie verleiht den Straelener Übersetzerpreis, der zu den höchstdotierten Literaturpreisen in Europa gehört, fördert Aufenthaltsstipendien im Europäischen Übersetzer-Kollegium und finanziert die Straelener Atriumsgespräche zwischen Autoren und ihren Übersetzern. Darüber hinaus ermöglicht sie eine individuelle Übersetzer- und Übersetzungsförderung; sie stellt Fördermittel für ausgewählte Übersetzungen zur Verfügung und fördert besonders ambitionierte und qualifizierte Übersetzer.

Das mit diesem Band erstmals verwirklichte Tandem-Projekt bringt junge Übersetzerinnen und Übersetzer, die noch am Anfang stehen, mit erfahrenen Kollegen zusammen. In enger gemeinsamer Arbeit entstehen Übertragungen literarisch anspruchsvoller internationaler Literatur, die bisher noch nicht auf Deutsch vorliegt. Die neu zu entdeckende frühe Erzählung »Die Katzen« / »Los gatos« des großen argentinischen Autors Julio Cortázar bildet als ein besonderer literarischer Fund den Auftakt.

Das Projekt ist Teil der Schriftenreihe Literatur der Kunststiftung NRW, die Autorinnen und Autoren und Übersetzerinnen und Übersetzer des Landes vorstellt und einen Publikationsort für ausgefallene literarische Vorhaben bietet, die aus Förderprojekten der Stiftung hervorgehen. Sie dokumentiert herausragende von der Stiftung initiierte literarische Projekte und verleiht der Literaturszene NRW Sichtbarkeit.

Herausgeberin
Kunststiftung NRW
Vorstand
Dr. Fritz Behrens, Präsident
Dr. Ursula Sinnreich, Generalsekretärin

Gestaltung
Jan van der Most
Grafik und Druck für Kunst und Kultur
www.janvandermost.de

Satz
Jan Frerichs
www.jan-frerichs.com

Herstellung
Christian Theiss GmbH

ISBN
978-3-940357-70-0

www.kunststiftungnrw.de
www.lilienfeld-verlag.de